读客科幻文库

跟着读客读科幻，经典科幻全看遍。

FOUNDATION

银河帝国

①基地

[美]艾萨克·阿西莫夫 著
叶李华 译

江苏凤凰文艺出版社
JIANGSU PHOENIX LITERATURE AND ART PUBLISHING, LTD

目　录

第一篇

心理史学家

哈里·谢顿：……生于银河纪元11988年，卒于12069年。他的生卒年份通常以目前的基地纪元记载，即生于基地纪元前81年，卒于基地元年。谢顿的故乡为大角星区的赫利肯星，父母为中产阶级的平民。（根据不太可靠的传说，谢顿的父亲是该行星水耕区的烟草农夫。）他自幼即显露惊人的数学天分，关于这些天分的传闻轶事不胜枚举，有些甚至互相矛盾。据说他才两岁的时候，就会……

谢顿一生最大的贡献，无疑是心理史学的开拓。在他刚接触这门学问的时候，心理史学只是一组含糊的公设。而在谢顿手中，它成为一门深奥的统计科学……

关于谢顿生平的详细记载，目前保有最权威的资料是盖尔·多尼克所写的传记。在这位伟大的数学家去世之前两年，当时仍是年轻人的多尼克才与他结识。关于他们相遇的故事……

——《银河百科全书》*

* 本书所引用的《银河百科全书》数据，皆取自基地纪元1020年的第116版。发行者为“端点星银河百科全书出版公司”，作者承蒙发行者授权引用。

01

他名叫盖尔·多尼克，只是一个乡下孩子，以前从未到过川陀。或者应该说，他并没有真正来过。因为盖尔早已通过超波电视熟悉了这座城市；偶尔也会在巨大的三维新闻幕中，观赏皇帝加冕或银河议会揭幕的盛况。因此，虽然他一直住在“蓝移区”边缘的辛纳克斯行星，却完全没有脱离银河的文明。在那个时代，银河中没有任何角落是与世隔绝的。

当时整个银河系中，有将近二千五百万颗住人行星，这些世界全部效忠定都于川陀的银河帝国。不过这个事实只能再维持半个世纪。

对年轻的盖尔而言，这趟旅程无疑是他学术生涯的第一个高峰。他曾经到过太空，因此旅行本身的意义不算太大。事实上，他以前的太空旅行只是前往辛纳克斯唯一的卫星，去搜集陨石漂移的力学数据，用来作为博士论文的材料。话说回来，太空旅行就是太空旅行，近至五十万英里，远至许多光年之外，其实都没有什么差别。

即将跃迁进入超空间的时候，他已做好心理准备，这将是“行星际旅行”所没有的经验。到目前为止，或许直到永远，“超空间跃迁”是往来恒星间唯一可行的办法。普通空间中的运动，物体的速率永远无法超过光速。（这个科学小常识，在人类历史的黎明期便已被发现。）这就代表，即使在两个最接近的住人星系间来回一趟，也得花上好几年的时间。可是匪夷所思的超空间完全不同，它既非空间又非时间，既非物质又非能量，既非实有又非虚无；经由超空间，人类能在一刹那间穿越银河。

在等待第一次跃迁时，盖尔心中有些恐惧，腹部有轻微打结的感觉。结果在他尚未确定之前，跃迁所带来的一阵轻微震动，以及体内被轻踢一下的感觉便已消失。就是如此而已。

然后在盖尔意识中，就只剩下这艘闪闪发光的硕大星船，它是帝国整整一万二千年的科技结晶。此外他想到的就是自己，他刚刚获得数学博士学位，带着伟大的谢顿寄来的邀请函，准备前往川陀加入庞大而略带神秘的“谢顿计划”。

跃迁的体验令他失望后，盖尔期待的便是川陀的第一眼。他不时跑到观景室，那里的钢质窗盖在特定时段会卷起来。这些时候他都会待在那里，观看繁星闪耀的光辉，欣赏星团展现出难以置信的朦胧，好像一大群萤火虫永远禁锢在一处。有一阵子，星船周遭五光年范围内布满寒冷、蓝白色的气体星云，像牛奶一般散布在玻璃窗上，为观景室带来一丝寒意。两小时后，星船又做了一次跃迁，那些云气立时消失无踪。

川陀的太阳首次出现的时候，看起来只是一个明亮的白点，若不是星船上的向导指点，根本无法从无数类似的星体中分辨出来。这里接近银河的核心，恒星分布得特别稠密。星船每跃迁一次，那颗恒星就显得更明亮一点，从众恒星中脱颖而出，而其他恒星则愈来愈黯淡稀薄。

一位高级船员走进来，对乘客说：“我们即将着陆，观景室必须关闭了。”

盖尔尾随着那位船员，拉了拉船员白色制服的袖子——制服上绣着帝国“星舰与太阳”的国徽。

盖尔说:“能不能让我留下来?我想看看川陀。”

船员对他微微一笑。盖尔有些脸红，他忽然想到自己说话带有乡下口音。

船员说:“我们准备早上在川陀降落。”

“我是说，我想从太空中看看川陀。”

“喔，抱歉，孩子。如果这是一艘太空游艇，我们就能帮你安排。但是我们将从‘日照面’盘旋而下，你总不希望被太阳灼伤、弄瞎，而且被放射线烧得体无完肤吧?”

盖尔只好乖乖走开。

那位船员却在后面叫住他。“别失望，反正从这里看下去，川陀只是灰蒙蒙的一团。等你抵达川陀后，再去参加太空旅行团吧，很便宜的。”

盖尔转过头来。“非常感谢您。”

为这种事感到失望实在有点孩子气，但孩子气一样会出现在成人身上，盖尔感到喉咙有些哽咽。他从未看过整个川陀的壮丽景观，没想到还要多等一些时间才能如愿。

02

星船在闹哄哄的噪音中降落。金属船身切入大气层擦出嘶嘶声；舱内冷气努力对抗摩擦产生的高热，发出稳定而单调的嗡嗡声；在星船减速时，发动机则传出慢节奏的隆隆声。此外还有登陆室中鼎沸的人声，以及起重机吊运行李、邮件、货物所发出的嘎嘎声。所有的物件都集中在船身中轴，准备等一下传送到卸货月台上。

盖尔感到一下轻微的震荡，这代表星船关掉了自身的动力，舱内的人工重力也逐渐被行星的重力所取代。刚才的降落过程中，登陆室在人工力场作用下轻轻摇摆，以便在变化的重力间调整方向，数千名旅客都耐心地坐在摇篮般的登陆室中。现在，他们终于能够沿着弯曲的坡道，缓缓挤进一个敞开的巨大气闸了。

盖尔没有太多的行李。他来到入关处，海关将他的行李迅速而熟练地拆开又装好，然后检查签证并盖章。盖尔有些心不在焉，并未留意这些过程。

这就是川陀！跟他的家乡辛纳克斯行星比起来，空气似乎浓稠些，重力好像也大了点，但他很快就会习惯的。不过他却怀疑，自己能否习惯川陀的磅礴硕大。

入境大厦就是一座硕大无比的建筑物，屋顶简直就在视线之外。盖尔几乎能想象它高耸入云的样子。他甚至看不到对面的墙壁；放眼望去只见汹涌的人潮、无数的办公桌，而地板则在眼前不断延伸，交汇点消失在远方。

海关再度开口，显得有点不耐烦。他说："走吧，多尼克先生。"他必须打开签证再看一眼，才能叫出盖尔的名字。

盖尔问道："哪里……往哪里走？"

海关用大拇指比画了一下。"搭计程飞车就往右走，在第三个通道左转。"

盖尔走了几步，便看见高处凭空出现几个闪亮的大字："通往各地的计程飞车"。

盖尔离开海关后，立刻有一个人走过来。海关抬头看了看，便向那人轻轻点了点头。那人也向海关点头示意，便跟着盖尔这位年轻旅客走了。

他及时听见了盖尔的目的地。

盖尔站在栏杆前不知所措。

旁边有个写着"管理员"的标志牌。应该是管理员的那个人并未抬头，只是问道："去哪里？"

盖尔不确定，但就在他犹豫的这几秒钟，后面就排了一条长龙。

管理员终于抬起头来。"去哪里？"

盖尔没带多少旅费，但是只要熬过今晚，明天他就有工作了。他试着以平静的口吻说："请帮我找一家高级旅馆。"

管理员却不吃这一套。"都是高级旅馆，你要指明一家。"

盖尔无可奈何地说："请给我最近的一家吧。"

管理员按了一个按钮。地板上出现一条细长光束，加入由各种色彩、明暗各异的光线织成的光网。他又将一张票塞进盖尔手里，这张票竟然也微微发光。

管理员说："票价1.12信用点。"

盖尔一面摸着零钱，一面问："我该往哪里走？"

"沿着这条光线走。只要你的方向正确，票就会一直发亮。"

盖尔抬头看了看，便开步向前走。大厅中至少有数百人，全都沿着自己的光线小心翼翼地前进。每次遇到两条光线的交叉口，人人都要辛苦地精挑细选一番，才能摸索到各自的目的地。

盖尔走到自己这条路的尽头，面前出现一名穿着蓝黄相间制服的司机，他的制服是用永不污损的塑料制成，看来笔挺如新、色泽鲜艳。司机一把抓起盖尔的两件行李。

"直达豪华旅馆。"司机说。

跟踪盖尔的人刚好听到这句话，还听到盖尔回答的那声"好"，并且目击盖尔钻进扁圆的计程飞车。

计程飞车垂直升起。盖尔从弧形的透明玻璃窗往外看，在封闭结构中飞行的感觉令他惊叹不已，他不自觉地抓住驾驶座的椅背。巨大的景物很快就缩小了，人们变成零乱分布的小蚂蚁。景物继续缩小，随即迅速向后方挪动。

不久前方出现了一堵巨墙，它飘浮在半空中，顶端延伸到目力远不可及的天空。墙上有无数小孔，每个小孔都是一条隧道的入口。他们的飞车向其中一个小孔接近，然后一头钻了进去。盖尔万分不解，想不通司机是怎么选择正确入口的。

隧道内一片漆黑，只有一个越退越远的彩色交通标志，勉强驱走幽暗的气氛。周遭则充满了飞车划破空气的噪音。

当飞车减速时，盖尔不自主向前倾。接着飞车便钻出隧道，重新回到地面。

“豪华旅馆到了。”司机多此一举地说，然后很有效率地帮盖尔取出行李，并收了0.1信用点的小费，马上载着另一位客人升空了。

从登陆到现在，盖尔还没有瞥见天空。

川陀：……在银河帝国第十三个仟年之初，这个趋势达到顶峰。它是帝国政府的中心，数百代未曾间断。川陀位于银河的核心区域，周围都是人口最稠密、工业最发达的世界，因此自然而然变成人类历史上最密集、最富庶的社群。

都会化的过程不断地稳定发展，最后终于达到极限。川陀表面的陆地面积总共七千五百万平方英里，发展成了一个单一的城市。人口最多的时候，超过四百亿之众。这么庞大的人口，几乎都是为了应付帝国行政上的需要，即使如此，仍不足以应付帝国的庞杂行政工作。（别忘了，末期几位平庸的皇帝无法有效管理银河帝国，正是帝国覆亡的一大原因。）为了供应川陀居民口腹之需，每天都有数以万计的太空船队，负责载送来自二十个农业世界的粮食……

由于川陀依靠其他世界供应粮食，甚至所有的民生用品，它越来越容易以包围的手段征服之。在帝国的最后仟年，从未止歇的叛乱使每位皇帝都警觉到这个危机，保护川陀纤弱的颈动脉遂成了帝国的首要政策……

——《银河百科全书》

03

盖尔不确定现在有没有太阳，甚至不晓得现在是白天还是黑夜，他却羞于启齿问人。整颗行星就像包了一层金属外皮。他刚用过的一餐，上面标明是“午膳”，但如今有许多行星都不管日夜颠倒之类的不便，一律使用银河标准时间。每颗行星的自转速率不尽相同，而他还不知道川陀的正确速率。

刚才他还兴致勃勃地循着路标，找到那间所谓的“太阳室”，却发现那里只提供人工辐射日光浴。他只在里面逗留了一会儿，便回到旅馆的大厅。

他问旅馆的职员说：“我在哪里可以参加环球游览？”

“就在这里。”

“什么时候出发？”

“您刚错过一班，不过明天还有。如果现在买票，就会帮您保留一个位子。”

“喔。”明天来不及了，因为明天他必须到川陀大学报到。他又问：“这里有没有观景塔什么的？我的意思是，那种露天建筑物。”

“当然有！如果您想去，这里也可以买票。最好让我先看看上面有没有下雨。”职员按下手肘旁的一个开关，毛玻璃屏幕上便出现流动的字体。盖尔和他一起盯着看。

职员说：“好天气。我想起来了，现在应该正是干季。”他又滔滔不绝地说：“我自己懒得到外面去，上次到户外还是三年前的事。你只要看一次，明白那是怎么回事就够了——这是您的票，专用电梯在后面。电梯上写着‘直达高塔’，搭上就没错。”

那部电梯是最新型的，借着反重力装置推动。盖尔走了进去，其他乘客也鱼贯而入。操作员按下一个开关，电梯内的重力就完全消失，有那么一会儿，盖尔感觉自己浮在空中。等到电梯开始加速，他才又感觉到一点重量。可是电梯减速的时候，他真的从地板上飘了起来，令他忍不住哇哇大叫起来。

操作员吼道：“把脚塞进栏条底下，你看不懂指示标志吗？”

其他人都没有犯这个错误。当盖尔拼命想爬回来，却又做不到的时候，众人对他露出同情的笑容。原来电梯地板上装有许多平行的金属管，每根相隔两英尺，其他乘客都用脚顶在这些镀铬的栏条上。进电梯的时候，他其实看到了这些栏条，只是完全没有放在心上。

还好有一只手伸出来，及时把他拉回地板。

当电梯停下时，盖尔一面喘气一面道谢。

走出电梯便是一个露天平台，白晃晃的光线令他的眼睛很不舒服。在电梯中向他伸出援手的那个人，此时正紧跟在他后面。

那人以亲切的口吻说：“这里座位很多。”

一直大口喘气的盖尔赶紧合上嘴巴，然后说：“当然，看来没错。”他下意识地要找个座位，却忽然停下来。

“你不介意的话，我想在栏杆这里站一下。我……我想多看点风景。”他说。

那人和蔼地对他挥挥手，盖尔便靠在齐肩高的栏杆上，尽情饱览四处的风光。

但是他无法看到地面，地面早已被越来越复杂的人工建筑吞没。他也看不见地平线，眼前只有一大片灰蒙蒙的金属与天际接壤，而他知道这颗行星表面处处是同样的景观。放眼望去，几乎是一幅静止的画面——只有几艘旅游飞船懒洋洋地飘浮在天空。盖尔当然晓得，这个世界有着上百亿熙来攘往的忙碌众生，只是他们都生活在巨大的金属外层之下。

极目眺望也没有任何绿色的景致，没有植物，没有土壤，也没有人类之外的生物。他依稀记得，皇宫就在这个世界的某个角落，周围有一百平方英里的自然土壤，那里绿意盎然，花团锦簇。那是钢铁之洋中唯一的孤岛，可惜从这里看不见。也许远在万里之外吧，他也不确定。

不久之后，他一定要做一次环球旅行！

他大声叹了一口气，终于意识到自己已经抵达川陀。这颗行星是银河的中枢、人类的中心。他还完全看不到川陀的弱点：他没看到载运食物的船只起落；他不知道有个纤弱的颈动脉，联系着川陀四百亿人口与其他世界。他只能体会到人类最伟大的功业，那就是完完全全、近乎傲慢地征服了整个行星。

他离开栏杆，心中有几分迷惘。刚才结识的那个人指了指旁边的椅子，盖尔坐了下去。

那人微微一笑。“我叫杰瑞尔。你第一次来川陀吗？”

“是的，杰瑞尔先生。”

“我想也是。杰瑞尔是我的名字，不是姓。如果你具有诗人气质，川陀会令你着迷的。不过，川陀人从不会到这里来。他们不喜欢这种地方，会令他们神经过敏。”

“神经过敏！喔，我叫盖尔。为什么这里会让他们神经过敏？这里简直壮丽无比。”

“盖尔，这都是主观的想法。假如你在斗室中出生，在回廊中长大，又整天在密不通风的房间里工作，假日只会去人挤人的太阳室，那么一旦来到这个开阔的空间，头上除了天空什么也没有，你就很可能神经衰弱。本地人在子女满五岁之后，每年都会带他们上来一次，我不知道这样做有没有好处，不过我认为真的不够。小孩子前几次来，每次都会尖叫到歇斯底里。他们应该早在断奶后就来，而且每星期来一次。”

他继续说：“当然啦，这并不重要。他们一辈子不出来又怎样？他们喜欢躲在里面，高高兴兴管理着帝国。你猜这里有多高？”

盖尔答道：“半英里吧？”他担心猜得太离谱。

想必真的很离谱，因为杰瑞尔轻笑了一下。他说：“不，只有五百英尺。”

“什么？但是电梯走了有……”

“我知道，不过时间大多花在升到地表的过程。川陀这个城市已经向下发展到一英里深。它就像冰山一样，十分之九都看不见。海岸线附近的海底，甚至向下挖了好几英里。事实上，这种深度足以让我们利用地表和地底的温差，提供我们所需的一切能源。这你知道吗？”

“不知道，我以为你们都用核能发电。”

“以前用过，但是这种能源比较便宜。”

“我也这么想。”

“你对川陀的整体印象如何？”一时之间，杰瑞尔的和蔼转为精明，看起来几乎还有点狡猾。

盖尔搜索枯肠，最后还是再说了一遍："壮丽无比。"

"你来这儿度假？还是观光旅行？"

"都不算——我一直很想来川陀看看，不过我这次来，主要是为了一份工作。"

"哦？"

盖尔觉得应该解释得更清楚些。"我是来川陀大学，加入谢顿博士的研究计划。"

"乌鸦嘴谢顿？"

"啊，不，我是说哈里·谢顿——那位著名的心理史学家。我不认识你说的那位谢顿。"

"我说的就是哈里·谢顿，大家都叫他乌鸦嘴。那是他的绰号，知道吧，因为他一直在预测灾难。"

"是吗？"盖尔十分震惊。

"你不可能不知道。"杰瑞尔并未露出丝毫笑容，"你不是来跟他工作的吗？"

"喔，没错，我是一个数学家。他为什么要预测灾难呢？什么样的灾难？"

"你猜是什么样的灾难？"

"只怕我一点概念也没有。我读过谢顿博士以及他的同僚发表的论文，内容都是数学理论。"

"没错，你指的是他们发表的那些。"

盖尔有点烦了，他说："非常高兴认识你，我想回房间去了。"

杰瑞尔随便挥了挥手，算是与盖尔道别。

盖尔发现自己的房间里竟然有一个人。一时之间，他由于太过惊讶，一句"你在这里干什么？"到了嘴边却说不出口。

那人缓缓起身。他的年纪很大，头顶几乎全秃，还跛着一只脚。然而他双眼湛蓝、炯炯有神。

他说："我是哈里·谢顿。"盖尔充满困惑的大脑，这时也刚好将面前这个人，与记忆中那个熟悉的影像摆在一起。

心理史学：……盖尔·多尼克使用非数学的普通概念，将心理史学定义成数学的一支，它专门处理人类群体对特定的社会与经济刺激所产生的反应……

在各个定义中都隐含一个假设，亦即作为研究对象的人类，总数必须大到足以用统计方法来处理。群体数目的下限，可由“谢顿第一定理”决定……此外还有一个必要的假设，就是群体中无人知晓本身已是心理史学的分析样本，如此才能确保一切反应皆为真正随机……

心理史学成功的基础，在于“谢顿函数”的发展与应用。这些函数表现的性质，全等于社会与经济力量的……

——《银河百科全书》

04

“午安，博士。”盖尔说，“我……我……”

“你没想到我们今天就会见面吧？在正常情况下，我们不必急着碰头。但是现在，假如我们想雇用你，就必须尽快行动。如今找人可是越来越不容易了。”

“博士，我不明白。”

“你刚才在观景塔上跟一个人聊天，对不对？”

“没错，他叫杰瑞尔。除此之外我对他一无所知。”

“他的名字没有任何意义。他是公共安全委员会的人，从太空航站一路跟踪你到这里。”

“但是为什么呢？只怕我越来越糊涂了。”

“那人没有对你提到我吗？”

盖尔有些犹豫。“他管您叫乌鸦嘴谢顿。”

“他有没有说为什么？”

“他说您总是预测灾难。”

“我的确如此——川陀对你有什么意义？”

好像每个人都会问他对川陀的感想。盖尔实在想不出其他的形容词，于是又说一遍：“壮丽无比。”

“那是你的直觉印象。如果改用心理史学呢？”

“我从来没想过用它来分析这种问题。”

“年轻人，在我们的合作结束之前，你就会学到用心理史学来分析所有的问题，而且会视为理所当然。注意看——”谢顿从挂在腰带上的随身囊中取出一台电算笔记板。传说他在枕头底下也摆了一台，以便突然醒来时随手取用。现在他手中这一台，原本灰色光亮的外表已稍有磨损。谢顿的手指已经起了老人斑，却仍然能在密集的按键间敏捷地舞动。位于电算板上方的显示屏，立刻出现许多红色的符号。

谢顿说：“这代表帝国目前的状况。”

然后他开始等待。

盖尔终于说：“但这当然不是一个完整的表现。”

“没错，并不完整。”谢顿说，“我很高兴你没有盲目接受我的话。然而，这个近似表现足以示范我的命题。这点你接受吗？”

“接受，但我等会儿还得验证函数的推导过程。”盖尔很小心地避免可能的陷阱。

“很好。让我们把其他因素的已知几率都加进去，包括皇帝遇刺、总督叛变、当代经济萧条的周期性循环、行星开发率的滑落……”

谢顿进行着计算。他每提到一个因素，就会有新的符号出现在显示屏上，然后融入原先的函数，使得函数不断地扩充与改变。

盖尔只打断他一次。“我不懂这个‘集合变换’为什么成立？”

谢顿以更慢的速度示范了一遍。

盖尔又说："但是这种做法，是理论所禁止的'社会运算'。"

"很好。你的反应很快，可是仍然不够快。在这种情况下，可以允许这样做。让我用展开式再做一遍。"

这回过程变得很长，等到算完之后，盖尔谦逊地说："对，我现在懂了。"

谢顿终于停下来。"这是三个世纪以后的川陀。你要如何解释？啊？"他侧过头去，等着盖尔回答。

盖尔感到不可置信。"完全毁灭！但是……但是这绝不可能。川陀从来没有……"

谢顿突然既激动又兴奋，一点也不像个老态龙钟的老人。"说啊，说啊。你已经看到了导致这个结果的过程。现在用口语说出来，暂且忘掉数学符号。"

盖尔说："当川陀变得越来越专门化，也就变得越来越脆弱，越来越无法自卫。此外，它越发是帝国的行政中心，也就成了首要的觊觎之地。随着帝位的继承越来越不确定，以及大世族间的摩擦越来越剧烈，社会责任感也就消失了。"

"够了。川陀在三个世纪内完全毁灭的几率是多少？"

"我看不出来。"

"你一定会做'场微分'吧？"

盖尔感受到明显的压力，但是谢顿并未将电算板递给他，他的眼睛离电算板有一英尺之遥。他只好拼命心算，不一会儿前额就冒汗了。

最后他说："大约85%？"

"不坏，"谢顿努着下唇，"但也不能算好。正确的数值是92.5%。"

盖尔说："这就是他们叫您乌鸦嘴的原因？在学术期刊中，我从来没读到过这些。”

“你当然读不到，这是不能发表的。你想，帝国怎么可能让这种动摇的倾向，如此轻易地曝光呢？这只是心理史学一个非常简单的示范。不过，我们一部分的结果，还是泄露到了贵族手中。”

“那可糟了。”

“也不尽然，一切都在我们考虑之中。”

“可是，他们是不是为了这个原因调查我？”

“对。只要和我的计划有关，都会成为调查的对象。”

“博士，您有危险吗？”

“喔，没错。我会被处决的几率有1.7%，但即使如此，我的计划也绝对不会终止。我们也已经将这点纳入考虑。好了，不谈这些。明天你会到川陀大学来见我，对吗？”

“我一定会去。”盖尔说。

公共安全委员会：……自从恩腾皇朝最后一位皇帝克里昂一世遇刺后，贵族派便掌握实权。大体说来，在皇权不稳定亦不确定的数个世纪中，他们形成维持秩序的主体。大多数时期，这个委员会由陈氏与狄伐特氏两大世族把持，最后则变质为维持现状的工具……直到帝国最后一位强势皇帝克里昂二世即位，才将委员会的大权尽数释除。首任的主任委员……

就某个角度而言，委员会之所以没落，可追溯到基地纪元前2年，它对谢顿所进行的一次审判。在多尼克所著的谢顿传记中，对那场审判有详细记载……

——《银河百科全书》

05

结果盖尔并没有赴约。第二天早上，他被微弱的蜂鸣器吵醒，那是旅馆职员打来的电话。那位职员以尽可能细声、礼貌、并且带有一点恳求的口吻，告诉盖尔公共安全委员会已经下令限制他的行动。

盖尔立刻跳到门边，发现房门果然打不开了。他唯一能做的，只有穿好衣服耐心等待。

不久委员会便派人将他带走，带到一间拘留所中。他们以最客气的口吻询问他，一切过程都非常文明。盖尔解释自己是从辛纳克斯来的，又详细罗列了他读过的学校，以及获得数学博士学位的年月日。又说了自己如何向谢顿博士申请工作，如何获得录用。他不厌其烦地一遍又一遍重复着详情，他们却一遍又一遍回到他参加“谢顿计划”这个问题上。他当初如何知道有这个计划？他负责的工作？他接受过哪些秘密指示？以及所有的来龙去脉。

盖尔回答说完全不知情，他根本没有接受过任何秘密指示。他只是一名学者，一位数学家而已，他对政治毫无兴趣。

最后，那位很有风度的审讯官问道：“川陀什么时候会毁灭？”

盖尔支吾地说：“我自己并不知道。”

“你能不能说说别人的意见？”

“我怎么能帮别人说话呢？”他感觉全身发热，非常地热。

审讯官又问：“有没有人跟你讲过这类的毁灭？它什么时候会发生？”当盖尔还在犹豫的时候，他继续说：“博士，我们一直在跟踪你。你抵达太空航站的时候，还有你昨天在观景塔上的时候，旁边都有我们的人。此外，我们当然有办法窃听你和谢顿博士的谈话。”

盖尔说：“那么，你应该知道他对这个问题的看法。”

“也许吧，但是我们想听你亲自说一遍。”

“他认为川陀会在三个世纪内毁灭。”

“他证明出来了？用什么……数学吗？”

“是的，他做到了。”盖尔义正辞严地说。

“我想，你认为那个什么数学是可靠的。”

“只要谢顿博士这么说，它就一定可靠。”

“我们会再来找你。”

“慢点。我知道我有权利请律师，我要求行使帝国公民权。”

“你会有律师的。”

后来律师果然来了。

终于出现的那位律师又高又瘦，一张瘦脸似乎全是直线条，而且令人怀疑是否能容纳任何笑容。

盖尔抬起头，觉得自己看起来一定很落魄。他来到川陀还不满三十个小时，竟然就发生了这么多事情。

那位律师说：“我名叫楼斯·艾法金，谢顿博士命我担任你的法律代表。”

“是吗？好，那么听我说，我要求立刻向皇帝陛下上诉。我无缘无故被抓到这里来，我完全是无辜的，完全无辜。”他猛然伸出双手，手掌朝下。“你一定要帮我安排皇帝陛下主持的听证会，立刻就要。”

艾法金自顾自地将一个夹子里的东西仔细摊在桌上。若不是盖尔心情恶劣，他应该认得出那是一些印在金属带上的法律文件，这种文件最适于塞到小小的随身囊中。此外，他也该认得出旁边那台口袋型录音机。

艾法金没有理会盖尔的发作，直到一切就绪才抬起头来。他说：“委员会当然会利用间谍波束刺探我们的谈话。这样做虽然违法，但他们才不管呢。”

盖尔咬牙切齿。

“然而，”艾法金从容地坐下来，“我带来的这台录音机——怎么看都是百分之百的普通录音机，功能也一点都不差——具有一项特殊功能，就是能将间谍波束完全屏蔽。他们不会马上发现我动了手脚。”

“那么我可以说话了。”

“当然。”

“那么我希望皇帝陛下主持我的听证会。”

艾法金冷冷地笑了笑。他脸上竟然还装得下笑容，原来全靠两颊皱纹上多出来的空间。他说：“你是从外地来的。”

“我仍然是帝国公民。我跟你，还有这个公共安全委员会的任何成员完全一样。”

“没错，没错。只不过你们住在外地的人，并不了解川陀目前的情况。事实上，早就没有皇帝陛下主持的听证会了。”

“那么我在这里，应该向什么人上诉呢？有没有其他的途径？”

“没有，实际上没有任何途径。根据法律，你可以向皇帝陛下上诉，但是不会有任何听证会。你可知道，当今的皇帝可不比恩腾皇朝的皇帝。川陀恐怕已经落在贵族门第手中，换句话说，已被公共安全委员会的成员掌握。心理史学早已准确预测到这种发展。”

盖尔说：“真的吗？如果真是这样，既然谢顿博士能预测川陀未来三百年的……”

“他最远能预测到未来一千五百年。”

“就算他能预测未来一万五千年，昨天为什么不能预测今天早上这些事，也好早点警告我……喔，抱歉。”盖尔坐下来，用冒汗的手掌撑着头。“我很了解心理史学是一门统计科学，预测个人的未来不会有任何准确性。我现在心乱如麻，才会胡言乱语。”

“可是你错了，谢顿博士早已料到今天早上你会被捕。”

“什么！”

“十分遗憾，但这是实情。对于他所主导的活动，委员会的敌意越来越浓，千方百计地阻挠我们招募新人。数据显示，假如现在就让冲突升到最高点，会对我方最为有利。可是委员会的步调似乎慢了一点，所以谢顿博士昨天去找你，迫使他们采取进一步的行动。没有其他的原因。”

盖尔吓得喘不过气。“你们欺人太甚……”

“拜托，这是不得已的。我们选择你，绝对没有私人的理由。你必须了解，谢顿博士的计划是他十八年的心血结晶；任何几率够大的偶发性事件，全都会涵盖在里面，现在这件事就是其中之一。我被派来这里，唯一的目的就是安慰你，要你绝对不用害怕。这件事会有圆满的结局；对我们的计划而言，这点几乎能确定；对你个人而言，几率也相当高。”

“几率到底是多少？”盖尔追问。

“对于本计划，几率大于99.9%。”

“那我呢？”

“我被告知的数值是77.2%。”

“那么，我被判刑或处决的几率超过五分之一？”

“后者的几率不到1%。”

“算了吧，心理史学对个人的几率计算根本没有意义。你叫谢顿博士来见我。”

“很抱歉，我做不到，谢顿博士自己也被捕了。”

盖尔震惊得站起来，才刚刚叫出半声，房门就被推开了。一名警卫冲进来，一把抓起桌上的录音机，上下左右仔细检查了一遍，然后放进自己的口袋。

艾法金沉着地说：“我需要那个装置。”

“律师先生，我们会拿一个不发射静电场的给你。”

“既然如此，我的访谈结束了。”

盖尔眼巴巴望着他离去，又变得孤独无助了。

06

审判并未进行得太久（盖尔认为那就是审判，虽然它与盖尔从书上读到的那些精细的审判过程几乎没有类似之处），如今才进入第三天。不过，盖尔的记忆却已无法回溯审判开始的情形。

盖尔自己只被审问了几句，主要火力都集中在谢顿博士身上。然而，哈里·谢顿始终泰然自若地坐在那里。对盖尔而言，全世界只剩下他是唯一稳定的支点了。

旁听人士并不多，全是从贵族中精挑细选出来的。新闻界与一般民众一律被拒于门外，因此外界几乎不知道谢顿大审已经开始。法庭内气氛凝重，充满对被告的敌意。

公共安全委员会的五位委员坐在高高的长桌后方，他们身穿鲜红与金黄相间的制服，头戴闪亮且紧合的塑质官帽，充分代表他们在法庭上扮演的角色。坐在中央的是主任委员凌吉·陈，盖尔不曾见过这么尊贵的贵族，不禁出神地望着他。整个审判从头到尾，陈主委几乎没有说半句话。多言有失贵族身份，他就是最好的典范。

这时委员会的检察长看了看笔记，准备继续审讯，而谢顿仍端坐在证人席上。

问：我们想知道，谢顿博士，你所主持的这个计划，目前总共有多少人参与？

答：五十位数学家。

问：包括盖尔·多尼克博士吗？

答：多尼克博士是第五十一位。

问：喔，那么总共应该有五十一位。请好好想一想，谢顿博士，也许还有第五十二、五十三位？或者更多？

答：多尼克博士尚未正式加入我的组织，他加入之后，总人数就是五十一。正如我刚才所说，现在只有五十名。

问：有没有可能接近十万人？

答：数学家吗？当然没有。

问：我并未强调数学家，我是问总人数有没有十万？

答：总人数，那您的数目可能正确。

问：可能？我认为千真万确。我认为在你的计划之下，总共有九万八千五百七十二人。

答：我想您是把妇女和小孩都算进去了。

问：（提高音量）我的陈述只说有九万八千五百七十二人，你不用顾左右而言他。

答：我接受这个数字。

问：（看了一下笔记）那么，让我们暂且搁下这个问题，回到原先已讨论到某个程度的那件事。谢顿博士，能否请你再说一遍对川陀未来的看法？

答：我已经说过了，现在我再说一遍，三个世纪之内，川陀将变成一团废墟。

问：你不认为这种说法代表不忠吗？

答：不会的，大人，科学的真理无所谓忠不忠。

问：你确定你的说法代表科学的真理吗？

答：我确定。

问：有什么根据？

答：根据心理史学的数学架构。

问：你能证明这种数学真的成立吗？

答：只能证明给数学家看。

问：（带着微笑）你是说，你的真理太过玄奥，超出普通人的理解能力？我却觉得真理应该足够清楚、不带神秘色彩，而且不难让人了解。

答：对某些人而言，它当然不困难。让我举个例子，研究能量转移的物理学，也就是通称的热力学，人类从神话时代开始，就已经明了其中的真理。然而今天在场诸位，并非人人都能设计一台发动机，即使聪明绝顶也没办法。不知道博学的委员大人们……

此时，一位委员倾身对检察长耳语。他将声音压得很低，却仍然听得出严苛的口气。检察长立刻满脸通红，马上打断谢顿的陈述。

问：谢顿博士，我们不是来听你演讲的，姑且假设你已经讲清楚了。让我告诉你，我认为你预测灾难的真正动机，也许是意图摧毁公众对帝国政府的信心，以遂你个人的目的！

答：没有这种事。

问：我还认为，你意图宣扬在所谓的“川陀毁灭”之前，会有一段充满各种动荡的时期。

答：这倒是没错。

问：单凭这项预测，你就想朝那个方向努力，并为此召集十万大军？

答：首先，我想声明事实并非如此。即使真有那么多人，只要调查一下，就会发现役龄男子还不到一万，而且没有任何一人受过军事训练。

问：你是否替什么组织或个人工作？

答：检察长大人，我绝对没有受雇于任何人。

问：所以你公正无私，只为科学献身？

答：我的确如此。

问：那么，让我们看看你如何献身科学。谢顿博士，请问未来可以改变吗？

答：当然可以。这间法庭也许会在几小时后爆炸，但也可能不会。如果它爆炸了，未来一定会产生些微变化。

问：谢顿博士，你在诡辩。那么，人类整体历史也能改变吗？

答：是的。

问：容易吗？

答：不，极为困难。

问：为什么？

答：光就一颗行星上的人口而言，“心理史学趋势”就有很大的惯性。想要改变这个趋势，就必须用相当于这股惯性的力量来抵消它。这需要很多人的集体力量，倘若人数太少，想要有所改变就得花费很长的时间。您能了解吗？

问：我想我能了解。只要许多人都决定采取行动，川陀就不一定会毁灭。

答：这样说很正确。

问：比如说十万人？

答：不，大人，差太远了。

问：你确定吗？

答：请想想看，川陀的总人口数超过四百亿。请再想想，毁灭的倾向并非川陀所独有，而是遍布整个帝国，而银河帝国包含将近千兆的人口。

问：我懂了。不过十万人仍有可能改变这种倾向，只要他们和子子孙孙不断努力经营三百年。

答：恐怕还是不行，三百年的时间太短了。

问：啊！这么说来，谢顿博士，根据你的陈述，我们只剩下一个合理的推论。你用你的计划召集了十万人，却不足以在三百年内改变川陀未来的历史。换句话说，不论他们做什么，都无法阻止川陀的毁灭。

答：您不幸言中了。

问：话说回来，你那十万人并没有任何不法意图？

答：完全正确。

问：（缓慢而带着满意的口气）既然如此，谢顿博士——现在请注意，全神贯注地听我说，因为我们要一个经过深思熟虑的答案。那十万人到底是用来做什么的？

检察长的声音变得越来越尖锐。他冷不防地布下这个圈套，将谢顿逼到死角，并狡猾地斩断所有的退路。

旁听席上的贵族因此掀起一阵骚动，甚至传染到坐在前排的委员们。除了主任委员不动如山之外，其他四位衣着鲜艳的委员都在忙着交头接耳。

哈里·谢顿却不为所动，静静地等着骚动消退。

答：为了将毁灭所带来的影响减到最小程度。

问：你这句话究竟是什么意思？

答：答案非常简单。川陀将要面临的毁灭，并非人类发展过程中的孤立事件，而是一出大戏的最高潮。这出戏在几世纪前便已开演，今后还会继续加速进行。各位大人，我指的是整个银河帝国的衰亡。

原先的骚动此时变成模糊的咆哮。检察长也立刻吼道："你公然宣传……"然后就打住了，因为旁听席上传来阵阵"叛国"的怒吼，显示这项罪名不必拍板便能定案。

主任委员将法槌缓缓拿起，重重敲下，法庭内便响起一阵柔美的铜锣声。等到回音消逝，旁听席上的聒噪同时停止。检察长做了一次深呼吸……

问：（夸张地）谢顿博士，你可明白，你提到的这个帝国已经屹立一万两千年，历经无数代的起起伏伏，受到千兆子民的祝福和爱戴。

答：我对帝国的现状和历史都很清楚。请恕我直言，但我必须强调，我在这方面的知识要比在座每一位都多得多。

问：可是你却预测它的毁灭？

答：这是数学所作的预测，我并未加入丝毫的道德判断。对于这样的展望，我个人也感到遗憾。即使承认帝国是一种不好的政体——我自己可没这么说——帝国覆亡后的无政府状态会更糟。我的计划所誓言对抗的，正是那个无政府状态。然而各位大人，帝国的覆亡是一件牵连甚广的大事，可没有那么容易对付。它的原因包括官僚的兴起、阶级流动的停滞、进取心的衰退、好奇心的锐减，以及其他上百种因素。正如我刚才所说，它早已悄悄进行了数个世纪，而这种趋势已经病入膏肓、无可救药了。

问：帝国仍如往昔般强盛，这难道不是很明显吗?

答：我们见到的只是表面的强盛，仿佛帝国会延续千秋万世。然而检察长大人，腐朽的树干在被暴风吹成两截之前，看起来也仍旧保有昔日的坚稳。此时此刻，暴风已在帝国的枝干呼啸。我们利用心理史学来倾听，就能听见树枝间的叽嘎声。

问：（心虚地）谢顿博士，我们不是来这里听……

答：（坚定地）帝国注定将连同它所有的成就一起消逝。它累积的知识将会散佚，它建立的秩序也将瓦解。星际战争将永无休止，星际贸易也必然衰退；人口会急剧减少，而各个世界将和银河主体失去联系。如此的情况会一直持续下去。

问：（在一片静寂中小声问）永远吗?

答：心理史学不但可以预测帝国的覆亡，还能描述接踵而来的黑暗时代。各位大人，如同检察长所强调的，帝国已经屹立了一万两千年。其后的黑暗时代将不止十二个仟年，它会持续三万年。然后“第二帝国”终将兴起，但在这两个文明之间，将有一千代的人类要受苦受难。我们必须对抗这种厄运。

问：（稍微恢复一点）你自相矛盾。你刚才说无法阻止川陀的毁灭，因此，想必你对所谓的帝国覆亡同样束手无策。

答：我并没有说可以阻止帝国的覆亡，但是现在还来得及将过渡期缩短。各位大人，只要允许我的人立刻行动，便有可能把无政府时期缩短到一个仟年。我们正在历史的临界点上，必须让那些突如其来的重大事件稍加偏折——只要偏一点就好，也不可能改变太多。但这就足以从人类未来的历史中，消除两万九千年的悲惨时代。

问：你准备如何进行?

答：善加保存人类所有的知识。人类知识的总和，不是一个人甚至一千人所能概括的。当我们的社会组织毁败之后，科学也将分裂成上百万的碎片。到时候，每个人学到的都仅仅是极零碎的片断知识，无用又无益。知识的碎片起不了作用，也不可能再传递下去，它们将遗失在世代交替的过程中。但是，假如我们现在着手将所有知识集中起来，它们就永远不会再遗失。未来的世代可以从这些知识出发，不必自己再重新来过。这样，一个仟年就能完成三万年的功业。

问：你说的这些……

答：我的整个计划，我手下的三万人和他们的妻小，都将献身于《银河百科全书》的准备工作。他们一生都无法完成这个庞大的计划，我甚至见不到这个工作正式展开。但是在川陀覆灭前它一定会完成，到时银河各大图书馆都能保有一套。

主任委员举起法槌敲了一下。哈里·谢顿走下证人席，默默走回盖尔身边的座位。

他微笑着说："你对这场戏有什么看法？"

盖尔答道："您先发制人。但是接下来会怎么样呢？"

"他们会休庭，试着和我达成私下协议。"

"您怎么知道？"

谢顿说："老实讲，我并不知道。一切决定都操在这位主委手上。我花了几年时间研究这个人，试图分析他的行为和手段。可是你也了解，将个人无常的行径引进'心理史学方程式'有多么不可靠。但我仍然抱着希望。"

07

艾法金走过来，向盖尔点了点头，然后弯下腰和谢顿耳语。休庭的铃声忽然响起，法警马上走来将他们分开。盖尔立刻被带走了。

第二天的情况完全不同。除了哈里·谢顿与盖尔·多尼克之外，就只有委员会的成员出席。他们一起坐在会议桌前，五位法官与两位被告之间几乎没有隔阂。法官甚至还招待他们两人抽雪茄。塑质雪茄盒表面散发着晕彩，像是一团不停流转的液体；虽然它的确由坚硬干燥的固体制成，却会令眼睛产生运动感的错觉。

谢顿拿了一支雪茄，盖尔则婉谢了。

谢顿说："我的律师并不在场。"

一位委员答道："谢顿博士，审判已经结束了。我们今天是来和你讨论国家安全问题。"

凌吉·陈突然说："我来发言。"其他委员立刻正襟危坐，静待主委的高见。室内变得分外宁静，只等陈主委开口了。

盖尔则屏息等待。事实上，精瘦结实、外表超过实际年龄的陈主委才是银河帝国真正的皇帝。目前那个具有皇帝头衔的小孩子，只不过是他所制造的傀儡，而且还不是第一个。

陈主委说："谢顿博士，你骚扰了京畿的安宁。生活在银河各地的千兆子民，没有任何人能再活上一百年。那么，我们为何要关心三个世纪以后的事？"

"我自己还剩不到五年的寿命，"谢顿说："可是我对未来关心至极。你可以说这是一种理想主义，也可以说我个人认同了'人类'这个神秘而抽象的概念。"

"我不想浪费精力去了解什么神秘主义。请你直截了当告诉我，为何不能今晚就将你处决，顺便将我自己见不到、既没用又烦人的三世纪后的未来，跟你的尸体一起抛在脑后？"

"一个星期之前，"谢顿轻描淡写地说，"您这样做，也许还有十分之一的几率活到年底。到了今天，这个几率已经降为万分之一。"

此时喘息声四起，众人变得骚动不安。盖尔甚至感到后颈的汗毛直竖起来，陈主委则微微垂下了眼皮。

"怎么会呢？"他问。

"川陀的覆灭，"谢顿说，"是任何努力都无法阻止的。然而，要使它加速却非常容易。这场审判半途终止的消息很快会传遍整个银河，人们会知道这个试图减轻浩劫的计划横遭破坏，因而对未来失去信心。现代人已经对祖父辈的生活充满羡忌，今后还会目睹政治革命的升温和经济萧条的恶化。整个银河会蔓延着一种情绪，认为到了那个时候，自己能抢到些什么才是最重要的。野心家一刻都不会等待，亡命之徒更不可能放弃这个机会。他们将采取的行动，每一步都会加速各个世界的倾颓。假如将我杀掉，川陀覆灭的时刻将提前到未来五十年；而您自己的生命，则会在一年之内结束。"

陈主委说："这些话只能吓唬小孩子，不过将你处死并非我们唯一的选择。”

他将压在一叠文件上的细瘦手掌抬起来，只剩两根指头按在顶端那张纸上。

“告诉我，”他继续说，“你将采取的唯一行动，真的只是准备出版那套百科全书？”

“是的。”

“需要在川陀进行吗？”

“大人，川陀是帝国图书馆的所在地，还有川陀大学丰富的学术资源。”

“可是如果让你们到别处去，比方说到另外一颗行星，以免都会的繁华喧扰打扰你们的学术研究，好让你的手下都能专心一志地投入工作——这样不是也很好吗？”

“也许稍微有点好处。”

“那么，地方已经为你们选好了。博士，你如果有空，也可以跟手下的十万人一起工作。我会让整个银河的子民都知道，你们正在为对抗帝国的覆亡而奋斗。我甚至还会透露，你们的工作能够阻止它的覆亡。”他微微一笑，“由于我个人并不相信这些事，也就根本不相信你所谓的覆亡，所以我绝对认为自己在对人民说实话。博士，这样一来，你就不会给川陀带来麻烦，也就不会再搅扰皇帝陛下的安宁。

“除此之外，只剩下将你处决这一条路，还有你的手下，需要处死的也绝不留情。我才不理会你刚才的威胁。从现在开始，我给你整整五分钟的时间，让你选择要接受死刑或是流放。”

“大人，您选定的是哪个世界？”谢顿问。

“我想它叫做端点星。”陈主委说完，随手将桌上的文件转向谢顿的位置。“现在没有住人，不过相当适宜居住，还能改造得符合学者们的需要。它可算是与世隔绝……”

谢顿突然插嘴道：“大人，它位于银河的边缘。”

“我说过了，可算是与世隔绝。它正好适合你的需要，在那里一定能专心工作。赶快，只剩两分钟了。”

谢顿说：“我们需要时间来安排这趟大迁移，算来总共有两万多户人家。”

“你会有足够的时间。”

谢顿又思考了一下，在进入倒数最后一分钟的时候，他终于说：“我接受流放。”

谢顿这句话让盖尔的心跳停了一拍。他最主要的情绪，是为自己能逃过鬼门关而庆幸不已。但在大大松了一口气的同时，他竟然也因为谢顿被击败而稍感遗憾。

08

在计程飞车呼啸着穿过几百英里蛀孔般的隧道，向川陀大学前进途中，他们有好长一段时间只是默默坐着。最后盖尔忍不住了，问道：“您告诉主委的话当真吗？假使您被处决，真的会加速川陀的覆灭？”

谢顿说：“关于心理史学的研究结果，我从来不曾说谎。何况这次说谎根本没有好处。陈主委知道我说的都是实情，他是一位非常精明的政治人物。由于工作的本质，政治人物对心理史学的真理必须有很好的直觉。”

“那么您需要接受流放吗？”盖尔表示不解，但是谢顿并未回答。

抵达川陀大学的时候，盖尔的肌肉已经完全不听使唤，他几乎是被拖出飞车的。

整个校园笼罩在一片光海中，盖尔这才想起川陀世界也应该有太阳。

校园的建筑与川陀其他地方很不一样。这里没有钢铁的青灰色，而是到处充满银色，那是一种类似象牙的金属光泽。

谢顿说："好像有军人。"

"什么？"盖尔向广场望去，果真看到前方有一名哨兵。

当两人走到哨兵面前时，门口又出现一名口气温和的陆军上尉。

他说："谢顿博士吗？"

"是的。"

"我们正在等你。从现在开始，你和你的手下都将接受戒严令的监管。我奉命通知你，你们有六个月的时间可以准备迁移到端点星。"

"六个月！"盖尔想发作，谢顿却轻轻按住他的手肘。

"这是我所奉的命令。"军官重复道。

那位军官走开后，盖尔转身对谢顿说："哈，六个月能干什么？这简直是变相谋杀。"

"安静点，安静点，到我的办公室再说。"

谢顿的办公室并不算大，但是有相当完善、也相当能欺敌的防谍设备。如果有间谍波束射到这里，反射回去的并非令人起疑的静哑，也不是更明显的静电场。对方只会接收到很普通的对话，那是由包含各种声音与腔调的语音库随机产生的。

"其实，"谢顿从容地说，"六个月足够了。"

"我不明白。"

"孩子，因为在我们这种计划中，他人的行动全都能为我所用。我不是告诉过你，陈主委是有史以来思维模式被分析得最彻底的一个人。若不是时机和状况已经成熟，确定我们将得到预期的结果，我们根本不会引发这场审判。"

"但是您能够安排——"

“——被流放到端点星？有何困难？”谢顿在书桌某个角落按了一下，背后的墙壁立刻滑开一小部分。这个按钮设有扫描装置，只会对他的指纹有所反应。

“里面有几卷微缩胶片，”谢顿说，“你把标着‘端’的那卷取出来。”

盖尔依言取出那卷胶片，谢顿将它装到投影机上，并且递过来一副接目镜。盖尔将接目镜调整好，眼底就展现出微缩胶片的内容。

他说：“可是这……”

谢顿问道：“你为何吃惊？”

“您已经花了两年时间准备迁移吗？”

“两年半。当然，我们原来无法确定他会选择端点星，但我们希望他会如此决定，所以我们根据这个假设来行动……”

“谢顿博士，可是为什么呢？您为什么要作这样的安排？如果留在川陀，不是一切都能掌握得好得多吗？”

“啊，这里头有好几个原因。我们去端点星工作，会得到帝国的支持，不会再引发危及帝国安全的疑惧。”

盖尔说：“可是当初您引起那些疑惧，正是为了要他们判您流放，这我还是不懂。”

“要让两万多户人家，心甘情愿地移民到银河的尽头，似乎是不太可能的事。”

“但是何必强迫他们去呢？”盖尔顿了顿，“不能告诉我原因吗？”

“时辰未到。目前能让你知道的，是我们将在端点星建立一个科学避难所。而另一个则会建在银河的另一端，或者可以说，”他微微一笑，“在‘群星的尽头’。至于其他的事，我很快就要死了，你将比我看到得更多——别这样，别这样子。不要吃惊，也不必安慰我。我的医生都说，我顶多只能再活一两年。可是在此之前，我将完成一生中最大的心愿，这也就死而无憾了。”

“您离世后，又该如何呢？”

“啊，自然会有后继者——或许你自己也是其中之一。这些人将为我的计划踢出临门一脚，也就是在适当的时机，以适当的方式煽动安纳克里昂叛变。从此之后，一切就会自行运作。”

“我还是不了解。”

“你会了解的。”谢顿布满皱纹的脸孔，同时显现出安详与疲惫。“大多数人将会去端点星，但少数人要留下来。这些都不难安排——至于我自己，”他最后一句话非常小声，盖尔只能勉强听见他说的是：“吾事已毕。”

第二篇

百科全书编者

端点星：……它的位置偏远（请参考星图），与其在银河历史中扮演的角色形成强烈对比。但正如许多作家一再不厌其烦所指出的，这乃是历史的必然结果。端点星位于银河旋臂的最前缘，是伴随该处一颗孤独恒星的唯一行星。它自然资源贫乏，也几乎毫无经济价值，被发现了五个世纪，仍然没有移民迁入，直到百科全书编者登陆……

……下一代长大后，端点星的角色不可避免地起了变化，不再只是川陀心理史学家们的附属品。随着安纳克里昂的叛变，以及首任市长塞佛·哈定的势力逐渐崛起……

——《银河百科全书》

01

在办公室明亮的一角，路易·皮翰纳正在书桌前埋头苦干。许多工作需要他协调，许多人力需要他规划，千头万绪必须理得井井有条。

五十年过去了，他们花了五十年的时间，将这个“百科全书第一号基地”建立成一个完善的机构。这五十年的光阴，全都花在搜集资料以及准备工作上。

如今准备工作终于告一段落。五年之后，银河有史以来最伟大的巨著即将出版第一册。此后每隔十年会再出一册，时程定得像机械装置一般准确。同时还将出版许多附册，刊载重要时事的相关专文，直到……

当书桌上的蜂鸣器低声呜呜作响时，皮翰纳不安地挪动了一下。他几乎忘了还有一个约会。他赶紧按下开门的掣钮，便从眼角瞥见塞佛·哈定魁梧的身材出现在门口。不过，皮翰纳并没有抬起头来。

哈定自我解嘲地微微一笑。他的确有急事，但是并未表现出任何不悦，因为他很了解，皮翰纳对于打扰他工作的任何人或任何事，一律采取这种不闻不问的傲慢态度。哈定只是坐到书桌另一侧的椅子上，耐心地等待着。

现在，只有皮翰纳的铁笔划在纸上所发出的沙沙声，除此之外没有任何的声音或动作。哈定从背心口袋掏出一枚两信用点的硬币，顺手弹到空中。硬币在空中飞快翻滚，不锈钢的表面光芒闪动。然后哈定伸手抓住硬币，再将它弹出去，懒洋洋地盯着闪烁的反光。在这颗一切金属仰赖进口的行星上，不锈钢还真是货币的适当材料。

皮翰纳终于抬起头，眨了眨眼睛。“停下来！”他的语气充满不悦。

“啊？”

“别再丢那可恶的硬币了。”

“喔。”哈定将硬币放回口袋，“你忙完的时候，请告诉我一声好吗？我已经答应他们，在新下水道的计划付诸表决之前，一定赶回市议会去。”

皮翰纳叹了一口气，起身离开书桌。“我有空了，但是希望你别拿市政府的公事来烦我。拜托，你自己处理就好了，百科全书已经占了我全部的时间。”

“你听到新闻了吗？”哈定以冷静的口气问道。

“什么新闻？”

“就是端点市超波接收站两小时前收到的新闻，安纳克里昂星郡的皇家总督已经自立为王了。”

“哦？那又怎么样？”

“那就意味着，”哈定答道，“我们和帝国内域的联系被切断了。我们早已预料到这件事，可是这于事无补。安纳克里昂刚好横跨我们和川陀、圣塔尼，以及织女星系的最后一条贸易路线之上。以后我们的金属要从哪里进口呢？过去六个月，我们未能弄到任何的钢和铝，现在更是一点办法也没有了，除非安纳克里昂的国王大发慈悲。”

皮翰纳不耐烦地“啧”了好几声。“那就从他那里进口好了。”

“但是我们能这样做吗？皮翰纳，听我说，根据设立这个基地的特许状，百科全书委员会之下的理事会拥有完全的行政权。我这个端点市的市长，仅有的权力大概只能在一旁擤鼻涕，如果想要打个喷嚏，还得先请你签一张行政许可令。好吧，就让你和理事会来作决定。我现在以本市的名义请求你，赶快召开一个紧急会议，我们的繁荣全赖于和整个银河的畅通贸易。”

“好了！别把竞选演说搬到这里来。哈定，给我听好，理事会并没有禁止在端点星上成立市政府。我们了解这是确有必要的，因为自从基地建立以来，五十年间人口已有大幅的增加，而且和百科全书无关的居民越来越多。但是这并不意味着，我们这个基地首要的、也是唯一的目的——出版网罗人类全体知识的百科全书——已经不复存在。哈定，我们是一个国立的科学机构。我们不能、不可以，也绝不会介入任何的地方性政治。”

“地方性政治？皮翰纳，看在皇帝陛下脚趾的份上，这是攸关生死存亡的大事。端点星自身并不能维持一个机械化文明。这里极端缺乏金属，这点你应该很明白。在这颗行星的表壳岩石里，完全找不到一丁点的铁矿、铜矿或铝矿，其他的金属也几乎都没有。假如那个所谓的安纳克里昂国王吃定我们，你想想看，你的百科全书命运又会如何？”

“吃定我们？你难道忘了，我们是直属于皇帝陛下的机构，不是安纳克里昂星郡或者其他任何行政区的一部分。这点给我牢牢记住！我们这里是皇帝陛下直辖的区域，没有任何人敢碰我们，帝国会好好保护端点星的。”

“那么，现在安纳克里昂的皇家总督自立门户，帝国为什么不阻止呢？而且何止安纳克里昂，帝国最外围至少有二十个星郡，事实上就是整个的‘银河外缘’，全都已经各自为政了。我告诉你，我对帝国根本不敢抱什么指望，更不相信它有能力保护我们。”

“胡扯！皇家总督和国王——又有什么两样？帝国里面一向有各式各样的政治主张，不同的人有不同的治国理念。过去也曾经有总督叛变，也有皇帝因而被罢黜或遇刺，但是这些可曾动摇帝国的根本？哈定，忘掉这个消息吧，这不关你我的事。我们是彻头彻尾的——科学家，我们的志业就是银河百科全书。喔，对了，我差点忘了。哈定！”

“什么事？”

“管管你的那份报纸吧！”皮翰纳的声音带着愤怒。

“你是指《端点市日报》吗？那不是我的，它是一家私人企业。它哪里惹到你了？”

“这几个星期，它一直在鼓吹要扩大庆祝基地建立五十周年纪念。建议把这一天定为公定假日，还倡导一些极不合宜的庆祝活动。”

“这有什么不好呢？三个月之后，电脑钟就会开启‘穹窿’。我认为穹窿首度开启是一件大事，你不这么认为吗？”

“哈定，这并不适合举办愚蠢的庆典。穹窿的开启只是理事会的事。如果我们获得任何重要的讯息，一定会立刻向大众宣布。就这么敲定，请务必向日报解释清楚。”

“皮翰纳，很抱歉，但是端点市宪章上保证了一点小事，叫做新闻自由。”

“或许吧，但是理事会却不吃这一套。哈定，我可是皇帝陛下派驻端点星的钦命代表，在这方面我有绝对的权力。”

从哈定的表情，看得出他在尽最大的努力强忍怒意。他绷着脸说：“我还有最后一个消息，正是要对你这位钦命代表报告的。”

“跟安纳克里昂有关吗？”皮翰纳紧绷着嘴唇，感到厌烦透了。

“对。两个星期后，安纳克里昂将派遣一名特使到这里来。”

“特使？到这里来？安纳克里昂派来的？”皮翰纳沉思许久，“来干什么？”

哈定站起来，将椅子推回书桌旁边。“我让你猜猜看。”

他随即离去——连个招呼都没有打。

02

安瑟姆·浩·若缀克是安纳克里昂国王派到端点星来的特使，他是普洛玛的副提督，此外还拥有五六项其他头衔。他的名字中间那个“浩”，代表的正是贵族血统。当他抵达端点星时，哈定亲自到太空航站迎接，并且安排了隆重的外交礼节。

这位副提督带着僵硬的微笑，微微弯下腰，将手铳从皮套中取出来，铳柄朝前递给哈定。哈定也还以相同的礼数，他递过去的手铳还是特地借来的。完成这个仪式后，就代表双方从此建立起友谊与善意。即使哈定注意到若缀克肩处的突起，也谨慎地视而不见。

在迎接特使的地面车周围，前后左右都簇拥着一群职位较低的官员。整个车队以游行般缓慢的速度开向“全书广场”，沿途都有许多热情民众夹道欢迎。

副提督一直以军人与贵族应有的矜持，接受着群众的欢呼。

他对哈定说：“这座城市就是你们整个的世界？”

哈定努力提高音量，才能压过鼎沸的人声。“阁下，这里是个新的世界。在我们这颗不起眼的行星短得可怜的历史中，很少有像您这么尊贵的贵族莅临巡视。因此，群众才会这般如痴如狂。”

当然，这位“尊贵的贵族”并没有听出话中的讽刺之意。

他若有所思地说：“五十年前建立的。嗯——嗯！市长，你们一定还有很多未开发的土地，难道从来没有想到划分成领地？”

“目前为止，还没有这个需要。我们的人口相当集中，我们必须如此，这全是为了那套百科全书。也许有一天，当我们的人口增长到……”

“真是一个奇怪的世界！你们没有农民吗？”

哈定感到这位大人不断在套他的话，不过技巧相当拙劣，不必多少敏锐度便能察觉出来。哈定只是随口答道：“没有——也没有贵族。”

若缀克大人扬起眉毛。“那你们的领导者……等一下我要跟他碰面的那位？”

“您是指皮翰纳博士？对！他是理事会的主席——还是皇帝陛下的钦命代表。”

“博士？没有别的头衔吗？一名学者？地位竟然比市长还要高？”

“啊，当然啦。”哈定亲切地答道，“这里的人多少都算是学者。毕竟这里是皇帝陛下直辖的科学基地，而不是一个普通的世界。”

哈定故意将“皇帝陛下直辖”稍微加重了语气，这似乎令副提督有点不知所措。在车队抵达“全书广场”之前，他一直维持着若有所思的沉默。

即使哈定对下午与晚间的活动感到万分无聊，至少有一件事令他满意。那就是他注意到皮翰纳与若缀克这两个人，虽然在见面时表现得非常热络而且相互尊重——骨子里彼此却极为厌恶。

若缀克大人到百科全书大楼进行“视察”的时候，一直带着茫然的神情聆听皮翰纳的解说。他们经过巨大的数据影片储藏室以及无数间放映室，从头到尾他都不失礼貌地带着空洞的微笑，耐心听着皮翰纳急促的介绍。

走下一层又一层，经过了写作部、编辑部、出版部、影视部，他才终于说出他的第一句感想。

“这一切都非常有趣，”他说，“但是对成年人而言，却似乎是个奇怪的职业。这种工作有什么用处？”

哈定注意到，对于这个评语皮翰纳无言以对，但是从他脸上的表情，却看得出他绝对不同意。

晚餐时的情形却几乎与下午完全相反，自始至终都是若缀克大人在说话。他不厌其烦地叙述最近安纳克里昂与新近独立的邻邦司密尔诺王国开战时，自己担任营长所立下的彪炳战功。他滔滔不绝，越说越兴奋，连技术性细节也巨细靡遗。

这位副提督的故事讲到晚餐结束还意犹未尽，职位较低的官员一个个趁机告退。皮翰纳与哈定则陪着他走到阳台，在夏日黄昏的温暖空气中偷闲片刻。直到这时，他才总算将大败敌军星舰的光荣战果报告完毕。

“现在，”他兴致勃勃地说，“该言归正传了。”

“洗耳恭听。”哈定喃喃答道，他仰靠在椅子上，撑起两条椅腿来回地摇晃，同时点燃一根长雪茄——那是织女星系进口的，他突然想到所剩不多了。

银河高高悬在天空，透镜状的朦胧从地平线一端延伸到另一端。此处位于银河的边缘，天际仅有少数几颗寒星，与壮丽的银河根本无法相比。

“当然，”副提督说，“所有的正式会谈，包括签署文件等等无聊的技术性细节，都要在你们……你们管你们的议会叫什么？”

“理事会。”皮翰纳冷淡地答道。

“真是古怪的名字！反正，那些都是明天的事。不过我想，现在最好先来解决一些可能的障碍，大家开诚布公，好不好？”

“这话的意思是——”哈定立刻追问。

“很简单。在银河外缘这一带，如今局势已经有些改变，你们这颗行星的现状也变得有点暧昧不明。如果我们能对目前的状况达成共识，对双方都会非常方便。对了，市长，这种雪茄还有没有？”

哈定万分不愿地拿了一根给他。

若缀克大人将雪茄放在鼻端闻了闻，发出高兴的“咯咯”笑声。“织女烟草！你从哪里弄来的？”

“这是上次的船货，不过现在没剩几根了。天晓得我们何时能再补货——或许没有机会了。”

皮翰纳皱起眉头，他不会抽烟，因此很讨厌烟味。“阁下，我想了解一下，您的任务就只是来厘清现状吗？”

若缀克大人一面点头，一面使劲喷出第一口烟。

“既然如此，一句话就能说清现状。百科全书基地的地位仍如往昔一样。”

“啊！那么所谓往昔的地位又是什么？”

“是一个国立科学机构，是神圣威严的皇帝陛下直辖的领域。”

这位副提督似乎不为所动，只顾吐着烟圈。“皮翰纳博士，很好的理论。我能想象你还拥有盖了国玺的特许状——但是当今实际的局势又是如何？面对司密尔诺，你们要如何自处？你要知道，他们的首都离你们很近，可不是五十‘秒差距’那么遥不可及。此外，别忘了还有高努姆和洛瑞斯。”

皮翰纳说：“我们和任何星郡都没有瓜葛，我们是皇帝陛下的……”

“它们不是星郡，”若缀克大人提醒他，“它们已经是王国了。”

“就算是王国吧，我们仍然和他们没有任何瓜葛。身为一个科学机构……”

“科学个屁！”对方突然开骂，“我们就要眼睁睁看着端点星被司密尔诺拿下，你这些鬼名目有个屁用？”

“可是皇帝陛下呢？他怎么可能坐视不顾？”

若缀克大人冷静下来，继续说：“好吧，皮翰纳博士，你尊重皇帝陛下的御产，安纳克里昂其实也一样，问题是司密尔诺可不这么想。请记住一件事，我们刚跟皇帝陛下签订一项条约——明天我会呈一份副本给你们的理事会。根据这项条约，我们有义务代表皇帝陛下维持‘前安纳克里昂星郡’境内的秩序。我们的责任至为明确，对不对？”

“当然，但是端点星并不属于安纳克里昂星郡。”

“可是司密尔诺……”

“我们也不属于司密尔诺星郡，我们不属于任何一个星郡。”

“司密尔诺知道这件事吗？”

“我才不管他们知不知道。”

“可是我们得管。我们两国的战争刚刚结束，他们至今还占领我们的两个星系。端点星位于我们两国之间，占有极重要的战略地位。”

哈定听得厌了，插口道：“阁下，请问您究竟有什么提议？”

这位副提督似乎早已不想再拐弯抹角，他立刻单刀直入、简单明了地说：“情况好像非常明显，因为端点星无法自卫，安纳克里昂为了自身的安全，必须负起保卫端点星的责任。你们应该了解，我们绝对无意干涉内政——”

“哼，哼。”哈定发出几声干笑。

“——但是我们相信，就各方面来说，让安纳克里昂在这颗行星建立一座军事基地，都会是一项最佳的措施。”

“这就是你们想要的——在端点星广大无人的土地上建立军事基地——就这样而已吗？”

“嗯，当然啦，还有这个防卫部队的补给问题。”

哈定让椅子恢复四脚着地，双肘搭在膝盖上。“现在我们谈到问题的症结了，让我们就明说吧。端点星今后要接受你们的保护，并且要向你们进贡。”

“不是进贡，是纳税。我们保护你们，你们付出合理的代价。”

皮翰纳在椅子上猛力一拍，发出一声巨响。“哈定，让我来说。阁下，我绝不会付半个信用点给安纳克里昂或司密尔诺，也不会为你们的地方性政治或小小战争出任何经费。我告诉你，这里是免税的国立机构。”

“国立？皮翰纳博士，但我们才是这里的‘国’，而我们不要再‘立’了。”

皮翰纳气冲冲地站起来。“阁下，我是神圣威严……”

“……皇帝陛下的钦命代表。”若缀克以尖酸的语气唱和，“我却是安纳克里昂国王的钦命代表。皮翰纳博士，安纳克里昂离这里近多了。”

“让我们谈正经事吧。”哈定劝道，“阁下，你们要如何征收所谓的税金？愿意接受现物吗，例如麦子、马铃薯、蔬菜、牲畜？”

副提督瞪大眼睛。“搞什么鬼？我们要那些东西做什么？我们自己都生产过剩了。我指的当然是黄金。若是你们刚好盛产铬或钒，那就更好了。”

哈定哈哈大笑。“盛产？我们甚至连铁都不产。黄金！来，看看我们的钱币。”他将一枚硬币扔过去。

若缀克大人掂掂那枚硬币，又仔细看了看。“什么做的？钢吗？”

“没错。”

“我不懂。”

“端点星几乎不产任何金属，所有的金属都靠进口。因此，我们没有任何黄金，除了能够付你们几千袋马铃薯，其他什么都拿不出来。”

“那么——工业制品呢？”

“既然缺乏金属，我们又怎么制造机器？”

沉默一阵子之后，皮翰纳再度试图说服对方。“这整个的讨论都太离谱了。端点星并不能算一个世界，只是一座科学基地，专门负责编纂一部伟大的百科全书。太空啊，老兄，你难道一点都不尊重科学吗？”

“百科全书又不能让我打胜仗。”若缀克大人皱起眉头，“所以说，这是个完全不事生产的世界——而且十之八九无人居住。好吧，你们可以用土地来抵付。”

“你这话是什么意思？”皮翰纳问。

“你们这个世界根本没有什么人，那些无人居住的土地也许很肥沃。安纳克里昂的许多贵族都希望能扩充他们的领地。”

“你难道想提议说……”

“皮翰纳博士，不必表现得那么惊慌，这里的土地足够我们分的。如果一切都能按照计划进行，而你们又充分合作，我们也许还能安排一下，让两位不但没有损失，还能荣获贵族头衔，并且获赐领地。我想，两位了解我的意思吧。”

皮翰纳冷笑一声。“谢谢你的好意！”

这时哈定以直率的口吻说：“安纳克里昂能不能提供我们足够的钚元素？我们的核电厂只剩几年的存量了。”

皮翰纳倒抽一口凉气，接下来是好几分钟的死寂。当若缀克大人再度开口时，语气竟然变得与先前完全不一样了。

“你们有核能？”

“当然啦，这有什么不寻常吗？我相信核能的历史至少有两万年了，我们为什么不能用呢？唯一的问题就是钚的取得有些困难。”

“是啊……是啊。”特使大人停了一下，然后心虚地说：“好吧，两位先生，我们明天再讨论这个议题。我要告辞了……”

皮翰纳望着他的背影，咬牙切齿地说：“这只超级大笨驴！简直令人无法忍受……”

哈定插嘴道：“也不尽然，他只是那个环境的产物罢了。他只懂得一件事，‘我有枪，你没有’。”

皮翰纳气急败坏地转身面向哈定。“你跟他大谈军事基地和贡品，到底是什么意思？难道你疯了？”

“不，我只是顺水推舟，让他把心里的话通通说出来。你也该注意到，他已经不小心说溜了嘴，向我们透露了安纳克里昂真正的企图——那就是，将端点星划分成他们的封地。当然，我可不想让这种事发生。”

“你不想，你不想！你以为自己是谁？我还要问你，你对他大吹我们的核电厂又是什么意思？唉，你这样说，唯一的结果是让我们变成攻击目标。”

“不对，”哈定咧嘴一笑，“是变成‘绝对不能攻击的目标’。我提出这个问题，难道原因不明显吗？这样便证实了我原来强烈怀疑的一件事。”

“那是什么事？”

“安纳克里昂已经不再拥有核能。倘若他们还有，这位大人一定会知道核能发电老早不用钚元素作原料了。从这一点我们就可以推论，银河外缘的其他世界也都没有核能了。至少司密尔诺绝对没有，否则在他们最近的战争中，安纳克里昂不可能赢得大多数的战役。这点很有趣，你说对不对？”

“哼！”皮翰纳带着怒气离去，哈定却很有修养地微笑着。

哈定丢掉抽完的雪茄，抬头仰望伸展在天际的银河。“他们回归到了石油和煤炭的时代，是吗？”他喃喃自语。至于他还想到些什么，这时都还藏在心里。

03

前些日子，哈定否认他拥有《端点市日报》，表面上是说实话，事实上却没有那么单纯。当初，在倡导建立端点星自治市的运动中，哈定始终是运动的领导人物；而在端点市政府成立之后，他又当选为首任市长。因此，虽然哈定名下没有半点日报的股份，他却以间接的手段，控制着其中的百分之六十。

这不足为奇，方法多的是。

因此之故，一旦哈定向皮翰纳建议，也应该让他出席百科全书理事会的会议，日报便不约而同地开始鼓吹同样的主张。后来，还因此召开基地有史以来首度的群众大会，一致要求市政府应该在“国家级”政府中占有一席之地。

最后的结果，是皮翰纳不得不勉强接受。

这时，哈定在理事会中敬陪末座，穷极无聊地想着，为什么科学家都是九流的行政人员。或许只因为他们惯于处理弹性较少的自然现象，而不懂得如何应付善变的人心。

坐在哈定左边的是汤玛兹·瑟特与裘德·法拉，右边的则是卢定·克瑞斯特与叶特·富汉，而主席就是皮翰纳本人。哈定与所有的理事当然都相熟，但是他们在这个场合中，好像都故意端起一点特别的架子。

在会议开头的例行程序中，哈定一直都在假寐。直到皮翰纳举起杯子喝了一口水，准备进入正题时，哈定才及时恢复清醒。皮翰纳发言道："我非常荣幸有这个机会，向理事会报告下列事项：上次会议后，我接到一个重要的通知——帝国的总理大臣道尔文大人，将在两星期后莅临端点星。毫无疑问，只要他向皇帝陛下禀报这里的情况，我们和安纳克里昂的紧张关系就会有完全令人满意的改善。"

他微微一笑，对着坐在另一头的哈定说："这项消息的详细内容已经转交日报。"

哈定暗自感到好笑。这似乎很明显，皮翰纳所以会允许他参加这个"圣会"，原因之一就是要在他面前夸耀这个消息。

哈定故作镇静地说："请各位不要言不及义，你们认为道尔文大人是来做什么的？"

汤玛兹·瑟特首先发言。他在发表正式谈话时有个坏习惯，就是喜欢用第三人称来称呼对方。

"显然，"他陈述道，"哈定市长是一位精明的政治人物。他不可能不知道，皇帝陛下绝对不会允许直接的权益受到侵害。"

"为什么？如果真的发生这种事，皇帝陛下又会如何处置？"

这句话引起其他人的反感。皮翰纳说："你不遵守议事规则。"然后，他又加上一句："此外，还发出几近叛国的言论。"

"这算是对我的答复吗？"

"是的！如果你没有别的话要说……"

"别急着下结论，我还想问一个问题。除了这个外交手段——

它究竟有没有用还很难说——我们面对安纳克里昂的威胁，到底有没有采取任何具体的因应措施？”

叶特·富汉抚摸着他深红的八字胡。“你看到了威胁，是吗？”

“你看不到吗？”

“几乎没有。”他露出虔敬的神态，“皇帝陛下……”

“太空啊！”哈定感到烦透了，“这算是哪门子？每隔一会儿就会有人提起‘皇帝陛下’或是‘帝国’，好像是念什么咒语一样。皇帝陛下远在几千秒差距之外，我很怀疑他会对我们有一丁点的关心。即使真的关心，他又能如何？过去这个星域的确有皇家舰队巡弋，不过现在却是那四个王国的势力范围，而安纳克里昂正是四王国之一。听好，打仗要靠枪炮，不是靠嘴皮子。

“现在听我说。我们原本有两个月的缓冲期，主要是因为我制造了假象，让安纳克里昂以为我们拥有核武器。不过，大家都知道这是我胡诌的。我们虽然拥有核能，却只能做商业用途，而且他妈的少得可怜。他们很快就会发现真相，如果以为他们开得起这个玩笑，你就大错特错了。”

“亲爱的市长……”

“且慢，我还没有说完。”哈定已经进入状况，他就喜欢这种感觉，“把总理大臣拖下水是非常不错的主意，但是弄来几枚超级核弹才真的妙。各位理事，我们已经浪费了两个月，不太可能有另外两个月再让我们浪费了。你们打算怎么做？”

这回轮到卢定·克瑞斯特发言，他的长鼻子气得起了皱纹。“假如你想提议将基地武装起来，我可是一个字也不要听。因为那就代表我们一脚跨进了政治圈。市长先生，我们这里是一个纯粹的科学基地。”

瑟特又补充一句：“此外，他根本不了解，建立武力就需要动员，就得抽调百科全书的重要工作人员。无论如何，这种事都不能发生。”

“非常正确。”皮翰纳表示同意，“百科全书第一——永远如此。”

哈定不禁在心中呻吟。这些理事的脑袋，似乎都被百科全书搞坏了。

他以冰冷的语气说：“本理事会有没有想过，端点星除了负责编纂百科全书之外，是否可能有其他的意义？”

皮翰纳回答说：“哈定，我无法想象除了百科全书，基地还能有什么其他目标。”

“我不是指基地，我是说‘端点星’。恐怕你们还搞不清楚状况。端点星上共有百万居民，直接参与百科全书工作的顶多只有十五万人。对我们其他人而言，这里是家园。我们生在这里，长在这里。和我们的家园、农庄或工厂比起来，百科全书对我们没什么了不起的意义。我们要起来保卫……”

他的话被众人的呼喊声打断了。

“百科全书第一。”克瑞斯特义正辞严地说，“我们必须完成这项任务。”

“去你的鬼任务。”哈定吼道，“五十年前或许如此，现在已经是新的一代了。”

“这没有什么关系，”皮翰纳回嘴道，“我们仍是科学家。”

哈定逮到大做文章的机会了。“是吗，你们是吗？那只是美丽的幻觉吧？你们这班人，正好是整个银河数千年错误的缩影。你们准备在这里待几个世纪，只是为了整理上个仟年科学家的工作，这算是哪门子科学？你们有没有想过继续研究发展，改良并延伸既有的知识？根本没有！你们以抱残守缺为满足。整个银河都是如此，天晓得这种现象已经多久了。银河外缘为什么会发生叛乱，各方的联系为什么会中断，小型战争为什么永无休止，整个星域为什么都失去核能而回到原始的化学能科技，这就是真正的原因。”

“倘若你们问我有什么看法，”哈定咆哮道，“我会说银河帝国就要亡啦！”

他就此打住，坐下来调匀呼吸。有两三个人同时抢着回应，他却没有注意听。

克瑞斯特站起来。“市长先生，你发表这些疯疯癫癫的言论，我实在不知道你居心何在。你根本没有提出任何建设性的意见。主席，我提出动议，市长的发言不要列入记录，让我们从被他打断的地方继续讨论。”

这时裘德·法拉准备做第一次发言。在此之前，即使讨论进行到最热烈的时候，他也完全没有插嘴。但是一旦开口，他低沉的声音就重重敲击每个人的耳膜，重得可以媲美他三百磅的身躯。

“各位，我们是不是忘了一桩事？”

“什么事？”皮翰纳不悦地问。

“一个月之后，我们将要庆祝基地五十周年纪念。”法拉一贯的说话技巧，就是能将最普通的事也说得深奥无比。

“那又怎么样？”

“到了周年庆那一天，”法拉不急不徐地继续说，“哈里·谢顿的穹窿将会开启。你们有没有想过里面是什么？”

“我不知道，大概是应景的东西吧。也许是一段发表贺词的影像。我认为，我们完全不必强调穹窿的重要性，虽然日报——”他瞪了哈定一眼，哈定则咧嘴一笑。“——的确试图在这方面大做文章。我已经叫他们闭嘴了。”

“啊，”法拉说，“但是也许你猜错了呢。你有没有想到过——”他顿了一下，将一根手指放在又小又圆的鼻头上，“——穹窿可能开启得正是时候。”

“你的意思是说，正好不是时候？”富汉低声抱怨，“我们需要烦心的事已经够多了。”

“还有比哈里·谢顿的讯息更重要的事吗？我可不相信。”法拉显得越来越庄严神圣，哈定若有所思地看着他。他葫芦里到底卖的是什么药？

“事实上，”法拉高高兴兴地说，“你们似乎都忘记了，谢顿是当代最伟大的心理学家，也是我们这个基地的创始人。我们可以合理地假设，谢顿曾经运用他所创立的科学，推算出不久之后可能的历史轨迹。果真如此，我再强调一遍，这很有可能，那么他一定想出了警告我们的方法，或许还会指出解决之道。他极为重视百科全书这项计划，想必大家都知道吧。”

会议桌上弥漫着一股困惑的气氛。皮翰纳干咳了一声，“好吧，我不予置评。心理学是一门伟大的科学，可是——我想，现在并没有心理学家在场。我们似乎无法作出任何确定的结论。”

法拉转头问哈定说：“你不是曾在艾鲁云门下攻读心理学吗？”

哈定以十分向往的口气答道：“是的，不过我没有读完，后来我对理论感到厌倦了。我原本想要成为一名心理工程师，但是此地缺乏足够的设备。所以我退而求其次——进入政治圈。事实上，两者可说殊途同归。”

“那么，你认为穹窿里面藏着什么？”

哈定谨慎地回答：“我不知道。”

接下来的会议，哈定没有再发一言——即使议题又回到帝国总理大臣身上。

事实上，他根本没有再听下去。他发现了一个重要的新方向，所有的事都在朝这个方向发展。纵使目前线索不多，但是也足够了。

心理学就是其中的关键，这点他十分肯定。

他尽力回忆曾经学过的心理学理论——从那些残存的知识中，他一开始就捕捉到一个想法。

像谢顿这样伟大的心理学家，他对人类的情感与本能反应之洞悉，已足以让他广泛地预测未来历史的大趋势。

而这代表着什么呢?

04

道尔文大人嗜吸鼻烟。他留着长发，不过从精巧的鬈曲发式看来，那显然并不是自然卷，他还喜欢不时抚弄两侧金黄色的蓬松鬓须。此外，这位大人说话过于装腔作势，并且在许多字眼后面加上“儿”音。

哈定对这位尊贵大臣的第一印象就是反感，一时之间自己也想不出什么好理由。喔，对了，他发表意见之际，总是喜欢摆出优雅的手势，还有每次表示肯定的时候，他都会刻意表现出纡尊降贵的姿态。

但是这些都不重要，现在唯一的问题是把他找出来。半小时之前，道尔文大人与皮翰纳双双失踪——连半个人影都不见了，真该死。

哈定相当确定皮翰纳一定很得意——因为自己未能参加他们的初步讨论。

不过，刚才有人在这一层楼的这个侧翼看见皮翰纳，所以只要一扇一扇门查看就行了。查过半数的房间后，哈定突然叫道：

“啊！”然后立刻跑进那间漆黑的放映室。里面的屏幕上，正清楚地映出道尔文大人精巧发式的轮廓。

道尔文大人抬起头来说：“啊！哈定。你正在寻觅我们，对不？”他掏出鼻烟盒——哈定注意到上面有过多的装饰，而且手工也不高明。由于哈定礼貌地婉谢，大人自己吸了一撮，并露出优雅的微笑。

皮翰纳皱着眉头，哈定却故意视而不见。

直到道尔文大人盖上鼻烟盒，发出了“咔嗒”一声，才打破了这段短短的沉默。他将鼻烟盒放好，对哈定说：“哈定，你们的这套百科全书，乃是杰出的成果儿。的确很了不起，称得上有史以来最壮伟的成就儿之一。”

“阁下，我们也大多这么想。然而这项成就至今尚未全部完成。”

“由小看大，我已经看出你们这个基地效率非凡，我一点儿也不担心。”他对皮翰纳点了点头，后者高兴万分地鞠躬还礼。

皮翰纳真会逢迎，哈定心里这么想。“阁下，我并非抱怨这里工作效率太低，可是安纳克里昂的效率绝对更高——不过却是用在毁灭的途径上。”

“啊，是的，安纳克里昂儿。”大人不以为然地挥挥手，“我刚打那儿来，万分原始的行星。真是无法想象，人类怎能住在银河外缘这儿。文明人士最基本的生活所需，这儿几乎全都没有，也不能提供舒适便利的最基本条件，还完全废弃了……”

哈定冷不妨插嘴道：“不幸的是，安纳克里昂人却有开启战端的基本所需，以及毁灭敌方的基本条件。”

“没错儿，没错儿。”道尔文大人似乎有点不高兴，或许是因为他的话半途被打断。“但是我们还不准备谈公事儿。真的，现在我还在忙别的。皮翰纳博士，你不是还要给我看第二册吗？请吧。”

灯光立刻关闭，接下来的半小时中，根本没有人理会哈定，仿佛他这个人已经跑到安纳克里昂去了。屏幕上所投射的百科全书内容，对哈定而言没有什么意义，他也懒得浪费这个精神。反倒是道尔文大人，竟不时表现出相当真诚的兴奋。哈定还注意到，当这位大人在兴奋的时候，他话中的“儿”音就全部不见了。

灯光再度开启时，道尔文大人说：“精彩至极，真正精彩至极！哈定，你会不会刚好对考古学有兴趣儿？”

“啊？”哈定从神游状态中清醒过来，“不敢，阁下，我不敢说有兴趣。我原本想成为心理学家，最后决定献身政治。”

“啊！那是确确实实有趣儿的学问。本大人，我自个儿，你知道吗——”他掐了一大撮鼻烟，猛吸了几下，“对考古学也稍有涉猎。”

“真的吗？”

皮翰纳打岔道：“大人对这个领域极为精通。”

“嗯，也许吧，也许吧。”大人得意洋洋地说，“我在这门科学上花了无数苦功。事实上，可说是饱览群书儿。你可知道，我读遍了久当、欧必贾西、克罗姆威尔等等大考古学家的所有著作。”

“我当然听说过这些考古学家，”哈定说，“但是从来没有读过他们的著作。”

“亲爱的朋友，改天你真该读一读，保证受益无穷。啊，我认为这趟儿来到银河外缘真不虚此行，因为让我看到了拉玛斯的绝版书儿。你们可相信，在我们的图书馆一本儿都找不着。对啦，皮翰纳博士，你答应过要复制一本儿给我带回去，可没忘记吧？”

“这是我的荣幸。”

“你们一定知道，”道尔文大人开始说教，“对于‘起源问题’，拉玛斯提出过一个崭新而且万分有趣儿的说法，我原本都还不晓得。”

“什么问题？”哈定追问。

“我是说‘起源问题’。你该知道吧，就是人类发源于何处儿这个大谜儿。你们一定知道，一般的理论都认为人类最初发源于一个行星系统儿。”

“喔，对，我知道。”

“当然啦，没人儿知道到底在哪儿——已经淹没在远古遗迹儿中。然而，有不少人儿提出过各种理论。有人儿认为是天狼星，也有人儿坚持是南门二，或是金乌，或是天鹅座六十一号儿——你们可注意到，这些恒星都在天狼星区。”

“拉玛斯又是怎么说的？”

“嗯，他完完全全另辟蹊径儿。他试图用大角星系的第三颗行星上那些考古遗迹儿，证明在没有任何太空旅行迹象之前，那儿已经有人类存在。”

“这就表示那里是人类的故乡吗？”

“也许吧。我得先仔细读读他的书儿，估量他所提出的证据，然后才能下定论。我总得看看他的观察有多可靠儿。”

哈定沉默了一会儿，然后说：“拉玛斯的书是什么时候写的？”

“喔——我想差不多八百年前吧。当然啦，大部分的内容儿，都是根据葛林先前的研究结果儿。”

“那您为什么要依赖他的数据？为何不亲自到大角星系去研究那些遗迹？”

道尔文大人扬了扬眉，匆匆吸了一撮鼻烟。“亲爱的朋友，为啥儿去，去干啥儿呢？”

“当然是去找第一手数据。”

“但是有这个必要吗？为了找数据到处乱跑乱窜，实在是舍近求远，没啥儿成功的指望。听我说，我搜集了过去最伟大的考古学家所有的研究记录儿。我拿它们互相比较——然后存异求同——分析彼此的矛盾——再决定哪一种说法最可靠——如此就能取得结论儿。这就是科学方法。起码——”他故意表现得苦口婆心，“这是我的看法。反之亲自跑到天狼星，或者金乌，乃是万分轻举妄动的做法。因为能找着的，考古大师们早就作了完整的研究儿，我们即使到了那儿，也没有希望得到啥新的结果儿。”

哈定礼貌地喃喃道：“我明白了。”

“来吧，阁下，”皮翰纳说，“我想我们该回去了。”

“啊，对，也许真该走啦。”

当他们离开放映室之后，哈定突然说：“阁下，我能请问您一个问题吗？”

道尔文大人露出和气的微笑，还优雅地挥着手来强调他的语气。“当然可以，亲爱的朋友。只要本大人粗浅的学问帮得上忙，都万分乐意效劳儿。”

“阁下，这个问题严格说来不是考古学。”

“不是吗？”

“不是。我的问题如下：去年我们端点星收到一则消息，是关于仙女座三号的第五颗行星上核电厂炉心融解那件事。关于这个意外，我们只得到最简单的报道——详细情形完全不详。不知道大人能否告诉我整件事的来龙去脉。”

皮翰纳噘起嘴。“你怎么拿这种完全无关的问题来打扰大人。”

“皮翰纳博士，一点儿也不会。”总理大臣帮哈定解围，“真的没关系，反正这件事儿也没啥儿好说的。那儿的核电厂的确发生炉心融解，真是一场大灾难，你知道吧。我想那是放射性污染。其实，政府正在认真考虑颁布几条限令，今后要杜绝核能的滥用——不过这种事儿不适合公开，你知道吧。”

“我了解，”哈定说，“但是那个电厂到底出了什么问题？”

“唉，其实，”道尔文大人轻描淡写地说，“谁又知道呢？几年前那儿的核电厂就出过毛病，据说修理和更新的工作做得太差。这年头儿，想要找着真正了解电力系统详细结构的工人儿，真是难喔。”他以沉重的心情又吸了一撮鼻烟。

“您可知道，”哈定说，“银河外缘的那些独立王国，全都已经没有核能了。”

“是吗？我一点儿也不惊讶，个个都是原始的世界——喔，亲爱的朋友，千万别再用‘独立’这个词儿。他们可没有独立，你知道吧。我们和他们签订的条约能够证明这点儿，他们全都承认帝国的宗主权。当然啦，他们必须承认，否则我们根本不会和他们谈判。”

“或许如此，可是他们有太多的行动自由。”

“是的，我想你说得对，可还真不少呢。不过这倒没啥儿关系。这样一来，银河外缘如今得依赖自个儿的资源，对帝国而言多少有点好处。你知道吧，他们对我们没啥儿用。最最原始的世界，几乎没有文明儿。”

“他们过去倒很文明。安纳克里昂曾经是外围星域最富庶的地区之一，我知道它当年几乎和织女星系一样富有。”

“喔，可是，哈定，那是好几世纪前的事儿。你不能从那儿妄下断语。在古老的伟大时代，一切都大不相同。我们没法儿再像古人那样儿，你知道吧。不过，哈定，得了吧，你是我见过最滑头、最顽固的小伙子儿。我不是告诉过你，今天绝对不谈公事儿。皮翰纳博士刚才还特别警告我，说你会想尽法子缠着我，但是应付这种事儿我太有经验。咱们明天再谈吧。”

他们的谈话便到此结束。

05

倘若不算理事会成员与道尔文大人所作的非正式会谈，今天是哈定第二次参加理事会的会议。不过哈定市长心知肚明，在此之前他们还举行过少则一次、多则两三次的理事会，但他就是没有接到开会通知。

哈定还猜得到，若非因为那份最后通牒，这次的会议仍旧没他的份。

那份储存在显像装置中的文件，表面上看起来，好像是两位领导者之间友善的问候函件。然而至少在实质上，它是一份不折不扣的最后通牒。

哈定用手指轻抚着那份文件。它的开头是华丽的问候语："神圣权威的安纳克里昂国王陛下，致他的好友与兄弟——百科全书第一号基地理事会主席路易·皮翰纳博士。"结尾处则更是夸张，盖了一个巨大的、五颜六色的国玺，繁复的符号几乎让人眼花缭乱。

但无论如何，这仍然是一份最后通牒。

哈定说："事实证明，我们的时间原本就不多——只有三个月而已。但即使只是这么一点时间，还是被我们浪费掉了。这份文件只给我们一周的期限，我们要怎么办？”

皮翰纳显得愁眉苦脸。“这里头一定有什么不对劲。道尔文大人向我们保证过皇帝陛下和帝国对此事的态度，这点他们明明知道，竟然还会采取这种极端的手段，简直令人难以相信。”

哈定立刻跳起来。“我明白了。你把所谓的‘皇帝陛下和帝国的态度’知会了安纳克里昂的国王，对不对？”

“我是这么做了——但是在此之前，我曾经把这个提议交付理事会表决，结果大家一致赞成。”

“表决是什么时候举行的？”

皮翰纳恢复了主席的尊严。“哈定市长，我想我并没有义务回答你这个问题。”

“没关系，反正我也没有太大的兴趣。我只是认为，你那份传达道尔文大人珍贵意见的外交信函，”他咧开嘴角，做出皮笑肉不笑的表情，“是我们收到这个‘善意回应’的直接原因。否则他们可能还会拖得更久一点——不过根据本理事会一贯的态度，我想即使还有时间，对端点星仍然不会有什么帮助。”

叶特·富汉发言：“市长先生，你又是如何得出这个惊人的结论？”

“方法其实相当简单，只是用到一点普遍遭到忽视的东西——常识。你们可知道，人类知识中有一门学问称为符号逻辑，能将普通的语言文字中混淆语意的所有障碍物一一排除。”

“那又怎么样？”富汉追问。

“我利用了这个工具。我在百忙之中，抽空以符号逻辑分析了这份文件。其实对我自己而言，根本不用这么麻烦，因为我很清楚它的真正意义。可是我想对于你们五位科学家，利用符号解释要比我直说来得更容易。”

哈定将原先压在手肘下面的几张纸摊开来。“顺便说一声，这不是我自己做的。”他说，“你们可以看到，在这份分析下面签名的，是逻辑部的穆勒·侯克。”

皮翰纳靠着桌子倾身向前，以便看得清楚一点。哈定继续说：“安纳克里昂的这封信所透露的真正讯息，其实非常容易分析，因为写信的人不是摇笔杆而是拿枪杆的。所以它很容易蒸馏，让赤裸裸的陈述显露出来。若用符号表现，就是你们现在所看到的；倘若翻译成普通语言，大意就是：‘一周之内将我们所要的全数奉上，否则我们就要诉诸武力。’”

五位理事开始逐行研究这些符号，维持了好一阵子的沉默。然后皮翰纳坐下来，忧心忡忡地干咳。

哈定说：“皮翰纳博士，没有什么不对劲吧？”

“似乎没有。”

“好的。”哈定将那几张纸收起来，“现在放在你们面前的，是帝国和安纳克里昂所签定的条约副本——代表皇帝陛下签署这份条约的，正巧就是上周莅临本星的道尔文大人——旁边这张是它的逻辑分析。”

那份条约用细小字体印了满满五页，分析却只有将近半页龙飞凤舞的手稿。

“各位理事，你们看到了，经过分析之后，这份条约的百分之九十都被蒸馏掉，因为那些全都没有意义。而剩下来的内容，可以用很有意思的两句话来总括：

“安纳克里昂对帝国应尽的义务：无！

“帝国对安纳克里昂可行使的权力：无！”

五位理事再度焦急地研读着分析，还拿着条约原文对照检查。

当他们忙完后，皮翰纳以惴惴不安的语气说：“这似乎也很正确。”

“那么你承认，这份条约不折不扣就是安纳克里昂的独立宣言，并且还附有帝国的正式承认？”

“似乎就是如此。”

“难道安纳克里昂不明白这一点吗？他们现在一定急着强调独立的地位，因此对于任何来自帝国方面的威胁，自然都会感到如芒刺在背。何况目前的态势很明显，帝国根本无力对他们构成威胁，否则也绝对不会默许他们独立。”

“可是，”瑟特插嘴道，“道尔文大人保证帝国会支持我们，这点哈定市长又要如何解释？这些保证似乎——”他耸耸肩，“嗯，似乎令人满意。”

哈定坐回椅子里。“你可知道，这就是整个事件最有意思的一个环节。我承认刚刚见到那位大人的时候，曾经认为他是全银河最蠢的笨驴——后来事实证明，他其实是一位老练的外交家，而且再聪明不过。我自作主张，将他说的话都录了下来。”

会场中立刻一阵慌乱，皮翰纳吓得连嘴巴都合不拢。

“这有什么了不起？”哈定反问，“我了解这样做非常有违待客之道，也是正人君子所不为的。而且万一当场被大人抓到，还会发生很不愉快的后果。不过他终究没有发现，所以说我成功了，事实就是如此。我将录音复制了一份，一并送到逻辑部，请侯克帮我分析。”

卢定·克瑞斯特问：“分析报告呢？”

哈定答道：“结果可是非常有趣。毫无疑问，这个录音是三份文件中最难分析的。侯克不眠不休工作了两天，终于成功地除去所有无用的废话和修词，以及没有实质意义的言论。简单地说，就是抽丝剥茧。结果他发现没有任何东西剩下来，所有的命题都互相抵消了。

“各位理事，在整整五天的讨论中，道尔文大人等于一个屁也没放。他却说得天花乱坠，把你们全部唬得一愣一愣的。这就是你们从伟大的帝国所得到的保证。”

哈定讲完这番话之后，立刻爆发极大的骚动，即使他在会议桌上再摆一枚臭弹，也不会让场面变得更加混乱。他耐心地等待骚动消退，越等越不耐烦。

他终于开始下结论：“你们向安纳克里昂传达道尔文大人的讯息，也就是说，你们故意拿帝国来威胁他们，唯一的结果，就是激怒了那位更了解现况的国王。他当然只好立即采取行动，马上送来这份最后通牒——这就兜回到我原来的问题。只有一周的时间，我们要怎么办？”

瑟特说：“我们似乎别无选择，只好答应安纳克里昂在这里建立军事基地。”

“这点我同意，”哈定答道，“但是一旦时机来临，我们要如何把他们踢走？”

叶特·富汉的八字胡抽动着。“听来好像你已经下定决心，一定要用武力对付他们。”

“武力，”哈定反驳道，“是无能者最后的手段。可是我也绝不打算为他们铺上红地毯，把他们迎为上宾。”

“我还是不喜欢你这种说法，”富汉很坚持，“这是一种很危险的态度，而且我们近来还注意到，有大批群众似乎在盲从你的提议，所以这就更加危险了。哈定市长，我可以告诉你，本理事会对于你最近的活动，可不是完全一无所知。”

他顿了一顿，其他理事都表示同意。哈定的反应只是耸耸肩膀。

富汉继续说：“假如你要煽动全市采取武力手段，那就等于自取灭亡——我们不会让你这样做的。我们的政策只有一项根本原则，就是一切以百科全书为重。我们作出的任何决定，不论是采取或是放弃某项行动，出发点都是为了保护百科全书的安全。”

“那么，”哈定说，“你的结论是，我们要继续贯彻以不变应万变的政策？”

皮翰纳无可奈何地说：“你自己刚才已经证明帝国无法帮助我们，虽然细节部分我还不了解。假如必须妥协……”

哈定觉得自己好像在做一场恶梦，拼命奔跑却哪里也到不了。“根本没有妥协！军事基地这种蠢话只是极其拙劣的借口，你们难道看不出来吗？若缀克已经告诉我们安纳克里昂真正想要的是什么——是彻底兼并端点星，把他们的贵族封地制度和小农经济体系，强行加在我们头上。我虚张声势说我们有核能，只能让他们投鼠忌器，但他们迟早会行动的。”

哈定早已愤愤不平地坐不住了，其他人也跟着他站了起来——只有裘德·法拉例外。

这时法拉终于开口。“请各位都坐下来好吗？我想我们已经离题太远了。哈定市长，别这样，生这么大的气根本没用；我们这些人都没有要背叛端点星。”

“这点，你可得好好说服我！”

法拉露出温和的笑容。“你自己也知道这是气话。请让我发言吧！”

他那双机灵的小眼睛眯起一半，宽圆的下巴冒出油油的汗水。“本理事会已达成一项决议，现在似乎没有任何隐瞒的必要。那就是关于安纳克里昂这个问题，等到六天后穹窿开启的时候，我们应该就能发现解决之道。”

“这就是你的高见吗？”

“是的。”

“所以我们什么也不用做，对不对？只要充满信心地静静等待，穹窿中就会跳出意想不到的救星？”

“把你那些情绪化的措词滤掉，就是我的想法。”

“明显的逃避主义！法拉博士，你真是个大愚若智的天才。不是像你这么聪明的人，还真想不出这么高明的建议。”

法拉不以为意地微微一笑。“哈定，你的尖酸刻薄可真有趣，不过这回用错了地方。事实上，我想你应该还记得，三个星期前开会的时候，我对穹窿所做的推论吧。”

“是的，我记得。我并不否认，单就逻辑推理而言，那不能算是愚蠢的想法。你上次说——我若说错了，请随时纠正——哈里·谢顿是这个星系最伟大的心理学家，因此他能预见我们如今所遭遇的各种困难；也因此他建立了穹窿，目的是为了告诉我们如何趋吉避凶。”

“你领会了这个想法的精髓。”

“如果我告诉你，过去几周以来，我都在仔细思考你这番话，你会不会感到惊讶？”

“非常荣幸，结果如何？”

“结果我发现光是推理并不够，还需要用到一点点常识。”

“比如说？”

“比如说，假使他预见了安纳克里昂将带来的麻烦，当初为什么不把我们安置在离银河核心近一点的地方？我们现在都知道，当时是谢顿精心操纵了川陀的公共安全委员，基地才会设在端点星的。可是他为什么这样做呢？假如他预先推算出银河中的联系会中断，我们因此会跟银河主体隔绝，又为强邻环伺——而且端点星缺乏金属，使我们无法自给自足，他为什么还要把我们带到这里来？这是最重要的一点！话又说回来，倘若他算得出来这些，又为什么不事先警告最初的移民，好让他们可以有时间准备？他绝不会等到我们一只脚已经踏出悬崖，才跳出来告诉我们如何勒马。

“还有别忘了，就算他当年能够预见这个问题，我们如今也能看得一样清楚。因此，假如他当时就能想出解决之道，我们现在也应该有办法做得到。毕竟谢顿不是什么魔法师，我们解不开的难局，他也不会有什么好办法。”

“可是，哈定，”法拉提醒道，“我们真的做不到！”

“但是你们还没有试过，连一次都没有试过。刚开始的时候，你们根本拒绝承认威胁的存在！然后又死守着对皇帝陛下的盲目信赖！现在又将希望转移到哈里·谢顿身上。从头到尾，你们不是依赖权威就是仰仗古人——从来没有自立自强。”

哈定的拳头不自主地越捏越紧。“这无异于一种病态——一种条件反射，遇到需要向权威挑战时，自己独立思考的能力就完全关闭。在你们心目中，皇帝陛下无疑比自己更有力量，谢顿博士一定比自己更有智慧。这是不对的，你们难道不觉得吗？”

不知道为什么，没有人想要回答这个问题。

哈定继续说：“不只是你们，整个银河都一样。皮翰纳听过道尔文大人对科学研究的看法，他认为要做一位优秀的考古学家，唯一的工作就是读完所有的相关书籍——死了几百年的人写的那些书。他还认为解决考古之谜的办法，就是衡量比较各家权威的理论。皮翰纳那天都听到了，却没有表示反对。你们难道不觉得这里头有问题吗？”

哈定的语气仍然带着恳求。

可是仍然没有人回答。他只好再说下去：“你们这些人，还有端点星一半的居民也一样糟糕。你们坐在这里，将百科全书视为一切的一切。你们认为最伟大的科学终极目标，就是整理过去的知识。这很重要没错，但是难道不应该继续研究发展吗？我们正在开倒车，你们当真看不出来吗？在银河外缘这里，到处都已经不会使用核能。在仙女座三号恒星系，一座核电厂因为维修不良而炉心融解，堂堂的帝国总理大臣只会抱怨缺乏核能技工。可是因应之道是什么？多训练一些新手吗？连想都没想！他们采取的唯一措施，就是限制核能的使用。”

哈定第三次重申：“你们难道不觉得吗？这是一种泛银河的现象。这是食古不化，这是堕落——是一潭死水！”

哈定向每位理事一一望去，对方都目不转睛地瞪着他。

法拉是第一个恢复正常的。“好了，这些玄奥的大道理对我们没有用。我们应该实际一点。难道你否认哈里·谢顿能用心理学的技术，轻易算出未来的历史趋势？”

“不，当然不否认。”哈定吼道，“但是我们不能指望他为我们提供解决之道。他顶多只能指出问题的症结，但若是真有解决的办法，我们必须自己设法找出来。他无法为我们代劳。”

富汉突然说：“你所谓的‘指出问题的症结’是什么意思？我们都知道问题是什么。”

哈定猛然转向他。“你以为你知道吗？你认为安纳克里昂就是哈里·谢顿唯一担心的问题。我可不这么想！各位理事，告诉你们，直到目前为止，你们对整个状况一点概念都没有。”

“你有吗？”皮翰纳以充满敌意的口气反问。

“我是这么想！”哈定跳起来，将椅子推到一旁，他的目光凌厉而冷酷，“若说目前有什么可以确定的事，那就是有个古怪事件和整个情况都有关联，它比我们讨论过的任何事都更为重大。请你们问自己一个问题：为什么当年来到基地的第一批人员，只有玻尔·艾鲁云一位一流的心理学家？而他却小心翼翼，只是教授基本课程，从不将这门学问的真髓传给学生。”

一阵短暂的沉默后，法拉道：“好吧，你说为什么？”

“也许因为心理学家能够看透背后的一切——会太早识破哈里·谢顿的安排。如今我们只能四处摸索，模糊地窥见一小部分真相。这就是哈里·谢顿真正的用意。”

哈定纵声哈哈大笑。“各位理事，告辞了！”

他大步走出会议室。

06

哈定市长嘴里咬着雪茄。其实雪茄早已熄灭，他却没有注意到。他昨夜通宵未眠，也很肯定今晚同样无法睡觉。这一切，都能从他眼中看出来。

他以疲倦的声音说："这就可以了吗？"

"我想没问题，"约翰·李一只手摸着下巴，"你认为如何？"

"不坏。非这样厚脸皮不可，你明白吧。也就是说不能有任何犹豫，不能给他们一点掌握情势的空当。一旦我们能够发号施令，哈，就要以最熟练的方式下达命令，他们一定会习惯性地服从，这就是政变的基本原则。"

"若是理事会犹豫不决……"

"理事会？忘了他们吧。过了明天，他们对端点星的影响力比不上半个信用点。"

约翰缓缓点了点头。"但是很奇怪，他们到现在还没有试图阻止我们。你说过，他们不是完全蒙在鼓里。"

“法拉摸到了一点边，有时候他会让我有点担心。而皮翰纳在我当选的时候，就已经对我起疑了。但是，你可知道，他们从来没有本事了解我的真正意图。他们所受的都是皇权至上的训练。他们确信皇帝陛下是全能的，只因为他是皇帝；他们确信理事会不可能被架空，只因为理事会奉皇帝陛下之名行事。没有人看得出政变的可能性，这帮了我们一个大忙。”

哈定猛然起身，走到饮水机前面。“约翰，他们并不坏，我是指当他们全心投入百科全书的时候——我们要让这件事成为他们未来唯一的工作。可是统治端点星，他们却毫无能力。现在走吧，把一切都发动。我想单独静一静。”

哈定坐上办公桌的一角，瞪着手中那杯水。

太空啊！自己真有装出的那般自信就好了！安纳克里昂人两天后就要登陆，而他现在所准备进行的，只是基于自己对谢顿五十年前的安排所做的揣摩与猜测。自己甚至不能算正牌的心理学家，只是一个受过几天训练的半调子，竟然妄图看穿近代最伟大的心灵。

假如法拉猜得没错，假如安纳克里昂就是谢顿所预见的唯一问题，假如谢顿想保护的只是百科全书——那么发动军事政变又有什么用？

他耸耸肩，开始喝那杯水。

07

穹窿中准备的椅子远超过六张，仿佛准备迎接许多人。哈定注意到这一点，便找了一个尽可能远离五位理事的座位，慵懒地坐下来。

理事们对这个安排似乎不在意。他们先是彼此低声交谈，然后话讲得越来越少，变成每次只吐一两个字，最后终于通通闭上嘴。在他们五个人当中，只有裘德·法拉似乎比较镇定。他掏出表来，表情严肃地看着时间。

哈定也瞄了瞄自己的表，然后望了望那个占据室内一半面积的玻璃室——里面空无一物。这个玻璃室是穹窿中唯一不寻常的物件，除此之外，看不出哪里还能受电脑控制。等到某个预定的准确时刻，缈子流就会触发电脑接通开关，然后……

灯光暗了下来！

电灯并没有完全熄灭，只是突然变得昏黄，却让哈定吓得跳了起来。他吃惊地抬头望着天花板的电灯，等到他的目光回到玻璃室，里面已经不再空虚。

玻璃室中出现一个人形——一个坐在轮椅上的人！

人形起初没有说话，只是将放在膝上的书合起来，随手把玩了一会儿。然后它微微一笑，面孔看起来栩栩如生。

它说："我是哈里·谢顿。"声音苍老而低弱。

哈定差点要起身向他致意，还好及时拦住自己。

声音继续不断传来："你们看到了，我被禁锢在这张椅子上，无法起身向各位打招呼。在你们祖父辈抵达端点星几个月后，我就不幸瘫痪了。当然，我看不见你们，所以不能正式欢迎你们。我甚至不知道今天到场的有多少人，所以一切都不必太拘泥。如果有任何人站着，请都坐下来；如果有人想抽烟，那我也不反对。"接着是一阵轻笑，"我何必反对呢？我又不是真的在这里。"

哈定自然而然想要掏一根雪茄，随即又改变心意。

哈里·谢顿将手上的书放到一旁，好像是搁到身旁的书桌上。当他的手指移开后，那本书就消失了。

他继续说："基地建立至今已有五十年——五十年来，基地的成员都不清楚他们的真正目标。过去必须瞒着他们，现在却没有这个必要了。

"首先我要说，'百科全书基地'根本就是个幌子，而且一直都是如此！"

哈定身后传来一阵喧哗，还有一两声刻意压低的惊叹，但他没有回过头去。

哈里·谢顿当然不为所动，他继续说："我说基地是个幌子，意思是我和同僚们根本不在意百科全书能否出版。百科全书的计划自有它的目的，因为借着这个计划，我们从皇帝那里弄来一纸特许状，并且吸收了真正计划所需的十万人，同时还利用编纂百科全书的工作，让这些人在时机成熟前有事可忙，直到任何人都无法抽身为止。

“这五十年来，你们为了这个幌子而努力工作——现在我可以直言不讳——你们的退路已被切断了。你们已经别无选择，只有继续投入另一个重要无数倍的计划，也就是我们真正的计划。

“为了这个真正的计划，我们设法在选定的时刻，将你们带到这颗选定的行星上。当时就安排好了，五十年之后，你们的行动会变得没有选择的自由。从现在开始，直到未来许多世纪，你们的未来都将是必然的历史路径。你们会面临一连串的危机，如今的危机就是第一个。今后每次面临危机之际，你们所能采取的行动，也会被限制到只有唯一的一条路。

“这条路是我们用心理史学推算出来的——理由如下：

“数个世纪以来，银河文明不断地僵化和衰颓，却只有少数人注意到这个趋势。可是如今，银河外缘终于四分五裂，帝国的大一统局面已被粉碎。未来世代的历史学家，会在过去五十年间选取一个时刻，将之标志为：‘银河帝国覆亡的起点’。

“他们当然是对的，不过在未来几个世纪，大概还不会有人意识到覆亡即将来临。

“帝国覆亡之后，接踵而来的将是不可避免的蛮荒时期。根据心理史学的推算，在正常情况下，这段时期会持续三万年。我们无法阻止帝国的覆亡，也无意这么做，因为帝国的文化已经丧失原有的活力和价值。但是我们能将必然出现的蛮荒时期缩短——短到仅剩一千年。

“至于要如何缩短，详细情形我现在还不能透露；正如我在五十年前，不能将基地的实情说出来一样。万一你们发现了其中的细节，我们的计划便可能失败。就好像百科全书的幌子倘若太早揭穿，你们的行动自由就会增加，这样便会引进太多新的变量，而心理史学也就无能为力了。

“可是你们不会发现，因为在端点星，除了我们的自己人艾鲁云之外，始终没有其他的心理学家。

“但是我能告诉你们一件事：端点星基地，以及位于银河另一端的兄弟基地，都是银河文明复兴的种籽，也都是‘第二银河帝国’的创建者。而如今这个危机，正好触发端点星朝这个大业迈开第一步。

“顺便提一下，这次的危机其实很单纯，比起横亘于未来的诸多危机，实在简单得太多了。化约到最基本的架构，那就是：你们这颗行星和仍旧保有文明的银河核心，相互间的联系突然被切断，同时还受到强邻的威胁。你们是由科学家所组成的小型世界，而周围庞大的蛮荒势力正在迅速扩张。在不断膨胀的原始能源之洋中，你们是唯一的核能之岛；但是由于缺乏金属，你们仍然无法自给自足。

“所以知道了吧，你们面对冷酷的现实，迫于形势必须采取行动。至于如何行动——也就是如何化解难局——其实再明显不过！”

哈里·谢顿向空中伸出手，那本书立刻又在他手中出现。他将书翻开来，又说：“无论你们未来的路途多么曲折，总要让后代子孙牢记一件事，那就是该走的路早已标明，它的终点将是一个崭新的、而且更伟大的帝国！”

当谢顿的目光转回书本，他的影像瞬间消失无踪，室内则重新大放光明。

哈定抬起头，看到皮翰纳面对着他，眼神充满哀戚，嘴唇不停颤抖。

这位理事会主席以坚定却平板的声音说：“似乎是你对了。请你今晚六点钟过来，理事会将和你研商下一步的行动。”

他们一一与哈定握手，然后陆续离去。哈定发出会心的微笑。

他们基本上都还能接受这个事实，因为终究是科学家，总有承认错误的雅量——可是对他们而言，却已经太迟了。

他看看表。这个时候，一切应该都结束了。约翰的人马已经掌握全局，理事会再也无法发号施令。

明天，安纳克里昂的第一批星舰就要登陆，不过这也没关系。六个月之内，他们就不能再向端点星发号施令。

事实上，正如哈里·谢顿所说的，也正如塞佛·哈定所猜测的——若缀克大人透露他们没有核能的那天，哈定心里就已经有数——第一次危机的解决之道，其实极为明显。

真他妈的明显极了！

第三篇

市 长

四王国：在“基地纪元”早期，安纳克里昂星省自“第一帝国”脱离，形成这四个寿命甚短的独立王国。其中幅员最广、势力最强的，就是安纳克里昂王国，其版图为……

四王国的历史中最有趣的局面，无疑是塞佛·哈定执政期间，强行加诸其上的奇异社会形式……

——《银河百科全书》

01

代表团要来了！

塞佛·哈定早就知道他们会来，这却于事无补。反之，他还感到这种等待十分恼人。

约翰·李主张采取极端手段。“哈定，我认为不该浪费这个时间。”他说，“下次选举之前，他们还不可能有什么作为——我是指合法的作为——所以我们还有一年的缓冲期。现在大可对他们置之不理。”

哈定努起嘴。“约翰，你从来学不会。你认识我已经有四十年，从来没有学会迂回路线的艺术。”

“那可不是我的战略。”约翰发起牢骚。

“是啊，我知道。我想正因为如此，我才会这么信任你。”说到这里他停了一下，取出一根雪茄，“约翰，自从我们发动政变，罢黜了编纂百科全书的学者，至今已经有好长一段时间。我已经老了，六十二岁了。你有没有想过，这三十年过得有多快？”

约翰哼了一声。“我倒不觉得自己老，而我六十六岁了。”

"是吗？我可没有像你那么高昂的斗志。"哈定懒洋洋地抽着雪茄——他已经很久未曾妄想来自织女星系的烟草。端点星与银河帝国各处保持贸易的黄金时期，早已成为尘封的记忆，就连银河帝国本身也快要被人遗忘。他不知道帝国现任的皇帝是谁，以及现在究竟还有没有皇帝——甚至，帝国是否还存在呢？太空啊！自从银河系这个角落与其他地区通讯中断，至今已有三十年了，端点星的整个世界，仅仅剩下本身与周围的四个王国而已。

帝国的没落太戏剧化了！什么四王国！这些所谓的"王国"，当年只是同一个星省的星郡而已。星省上面还有星区，星区又只是象限的一部分，而各象限集合起来，才是无所不包、无所不容的银河帝国。如今，帝国的统治已经无法到达银河系最外围，这些零落稀疏的行星便组成王国——还产生了滑稽可笑的王公贵族，发生了许多毫无意义的小小战争，造成了废墟中的无数悲惨岁月。

文明不断衰退，核能已被遗忘，科学变质为神话——直到基地步入这个历史舞台。这个基地，正是哈里·谢顿为了那个长远的目标，而在端点星所建立的"基地"。

约翰站在窗口，他的声音打断哈定的沉思。"他们来了，"他说，"驾着新式的地面车来的，这些乳臭未干的小子。"他以犹豫的步伐向门口走了几步，又回头望了望哈定。

哈定微微一笑，挥手要他回来。"我已下令把他们带到这里来。"

"这里！为什么？你这样做太抬举他们了。"

"何必要他们循官方礼仪，正式拜见市长呢？我太老了，吃不消那些繁文缛节。此外，和年轻人打交道，多捧捧他们还是有好处的——尤其是惠而不费的时候。"他眨眨眼，"约翰，坐下来，给我一点精神上的支持。应付瑟麦克这个年轻人的时候，我还真需要呢。”

“瑟麦克那家伙非常危险，”约翰以沉重的语气说，“哈定，他有一批追随者，你千万别小看他。”

“我什么时候小看过任何人？”

“好，那就把他逮捕。你可以事后再找罪名控告他。”

哈定并未理会最后这句劝告。“约翰，他们来了。”此时叩门的讯号响起，哈定踩下书桌底下的踏板，办公室的门便向一侧滑开。

代表团总共四个人，他们鱼贯走了进来。哈定亲切地挥手，示意他们坐在书桌前排成半圆形的扶手椅上。四位代表鞠躬后就坐，等着市长先开口。

哈定却先打开雪茄盒的银质盖子。这个雪茄盒原本属于当年“百科全书时代”的理事会成员裘德·法拉所有，它是圣塔尼出品的道地帝国货，盖子上面还有精致的雕刻，不过现在里面的雪茄当然是本地产品。四位代表一个个庄重地接过雪茄，并以仪式化的动作点着火。

赛夫·瑟麦克坐在右首第二个位置，他是这批年轻人中年纪最轻，也是看起来最有意思的一位。他蓄着修剪得整整齐齐的金黄色八字胡，深陷的眼珠色泽并不明显。哈定几乎立刻忽略另外三人，由他们的神情看来，就知道他们只是跟班而已。哈定将注意力集中在瑟麦克身上——他是一位新科市议员，却不只一次将严肃的市议会搞得鸡飞狗跳。哈定对着瑟麦克说：“议员先生，自从上个月你发表了那场精彩演说，我就非常希望见见你。你对于政府对外政策所作的攻击，可真是强而有力。”

瑟麦克的眼神显得很不满。“能引起你的注意，令我感到很荣幸。姑且不论我作的攻击是否精辟，无论如何它十分正确。”

“或许吧！当然，那只是你的个人意见，你还太年轻了。”

对方冷淡地答道：“年轻若是缺点，那么这个缺点，大多数人一生中难免都会经历一阵子。而你比我现在还小两岁的时候，就已经当上市长了。”

哈定在心里暗笑，这个年轻人的确厉害。他又说：“我想你要见我的目的，仍然是为了你在市议厅拼命反对的对外政策吧。你要代表其余三位同仁呢？还是我得听你们一个个分别发言？”

四个年轻人互相望了望，迅速交换了几个眼神。

瑟麦克以严肃的口吻说：“我代表端点星的人民发言——如今所谓的议会不能真正代表人民，它只是政府的橡皮图章。”

“我知道了。好，继续说下去！”

“市长先生，事情是这样的，我们并不满意……”

“你所谓的‘我们’是指‘人民’，对不对？”

瑟麦克感到这句话中有陷阱，遂满怀敌意地瞪着对方，然后冷静地答道：“我相信我的意见，反映了端点星大多数选民的心声。这样说你满意吗？”

“嗯，这种说法最好能有真凭实据，但你还是说下去吧。你说你们并不满意？”

“是的，面对必将降临的外来攻击，三十年来，端点星却一直处于不设防的状态，我们就是对这种政策不满。”

“我懂了。因此怎么样？继续，继续。”

“感谢你愿意继续听我说。因此，我们决定组成一个新的政党。这个政党是为了应付端点星眼前的需要，而不是为那个未来帝国神秘的‘自明命运’服务。我们要把你以及支持你的姑息人士赶出市政厅——并会速战速决。”

“除非？凡事都要附带一句‘除非’，你知道吧。”

“在这件事里面没什么分别：‘除非’你立刻辞职。我不是来要求你改变政策的——我并没有那么信任你。你的保证一文不值，我们只接受你的无条件辞职。”

“我懂了。”哈定翘起二郎腿，还翘起椅子的两只脚前后摇晃，“这就是你的最后通牒。谢谢你好心来警告我。但是，你知道吗，我决定不加理会。”

“市长先生，别将它当成警告。这是一项有关原则和行动的宣告。新的政党已经成立，明天就要开始正式活动。我们已经没有妥协的余地和兴趣了，而且坦白说，由于我们体认到你对这个城市的贡献，才特地来向你提出这个简单的解决方案。我也知道你不会接受，但这样我就问心无愧了。下次选举之后，我们所形成的强大压力，就会逼得你非辞职不可。”

他站了起来，并示意其他人一起行动。

哈定马上举起手。“等一等！坐下来！”

瑟麦克重新坐下，但是动作似乎太急切了些。哈定板着脸，心中却不禁暗笑。他虽然说得那么坚决，其实仍在等待妥协的条件。

哈定说：“你们究竟希望我们的对外政策如何改变？要我们攻击各王国吗？立刻同时攻击这四个王国吗？”

“市长先生，我并没有那个意思。我们只是主张立刻停止姑息政策，就这么简单。在你执政这段时期，你一直在进行科援诸王国的政策。你提供他们核能，协助他们在域内重建发电厂。此外，你还替他们成立医疗诊所、化学实验室和工厂。”

“怎样？你反对什么呢？”

“你这么做，是为了防止他们攻击我们。在这个大规模的勒索把戏中，你一直扮演着傻子的角色，只知道不断贿赂他们。你默许端点星被他们吃干抹净——结果，那些蛮子现在视我们为囊中物。”

“这话怎么说？”

“因为你给他们能源、给他们武器，实际上等于协助他们维修星际舰队，让他们比三十年前强大得太多了。他们的胃口也越来越大，最后他们一定会用新式武器吞并端点星，一口气满足所有的需索。勒索行动的结局大都如此，对不对？”

“那么你们的补救办法呢？”

“趁着还来得及的时候，立刻停止贿赂。将你的心力用在强化端点星的武装上，然后主动出击！”

哈定用近乎诡异的目光，看着这个年轻人的金黄八字胡。瑟麦克很有自信，否则不会这么滔滔不绝。而他所提出的主张，无疑反映了相当多人的想法——一定相当多。

哈定的思绪稍微有些混乱，但他仍然装得若无其事，声音听来满不在乎。“你说完了吗？”

“暂时告一段落。”

“那么，你可看到我后面的墙上框着的那句话？劳驾你念一下！”

瑟麦克撇着嘴念道：“那上面写着：‘武力是无能者最后的手段’。市长先生，这是老年人的信条。”

“议员先生，我在年轻时就奉行这个信条——而且非常成功。那时你正忙着从妈妈肚子里爬出来，但或许你在学校里读过这段历史吧。”

哈定紧盯着瑟麦克，以慎重的语气继续说：“当年哈里·谢顿在这里建立基地，表面上的目的是编纂一套伟大的百科全书，我们为这个影子目标努力了五十年，然后才发现他真正的目的。那时，几乎已经太迟了。当我们和帝国核心区域失去联络之后，我们成了由科学家聚集的单一城市所构成的世界，完全没有任何工业。我们周围是新兴的野蛮王国，个个对我们充满敌意。我们是蛮荒汪洋中的核能小岛，当然成了邻邦觊觎的珍贵目标。

“在四王国中，安纳克里昂始终是最强大的。当年他们曾经要求在端点星建立军事基地，不久也的确实现了。当时统治端点市的那些百科全书编者，完全明白那只是他们占领整个行星的第一步。就是在这种情况下，我……嗯……实际接管了政府。换成你会怎么做呢？”

瑟麦克耸耸肩。“这纯粹是个理论上的问题，我当然知道你是怎么做的。”

“让我再说一遍，也许你还不了解其中的关键。当时谁都不禁会想到，最好集结所有的力量和敌人作殊死战。这是最简单的，也是最能满足自尊的做法——但是，也必然是最愚笨的。换成你，很可能就会这么做，正如你刚才所谓的‘主动出击’。但是我的做法，却是轮流拜访其他三个王国，向他们指出，如果让核能的机密落入安纳克里昂手中，无疑等于割断他们自己的喉咙。然后，我又委婉地建议他们采取一个明显的措施，如此而已。结果在安纳克里昂的军队登陆端点星一个月之后，他们的国王就接到其他三国的联合最后通牒。七天内，安纳克里昂人就全部撤离了端点星。

“请你告诉我，又何尝需要用到武力？”

年轻议员若有所思地盯着雪茄头，然后将它丢进焚化槽。“我不觉得这两件事能相提并论。糖尿病患可以用胰岛素治疗，根本不用开刀，阑尾炎却一定需要动手术。这是谁都无法改变的。当其他办法通通失效时，最后剩下的一条路，不就是你所谓的‘最后的手段’？都是由于你的错误，才把我们逼上这条路。”

“我？喔，又是指我的姑息政策。你似乎仍不了解我们当时的情况和基本需要。安纳克里昂人离去后，我们的问题并未结束，而是刚刚开始。从此，四王国变得比以前更具敌意，因为每个王国都想夺取核能——由于害怕其他三国，才不敢对我们下手。我们在利刃的尖端保持平衡，倘若有丝毫偏差——例如某王国变得太强，或有两个王国结盟——你懂我的意思吗？”

“当然懂。那时就应该全力准备应战。”

“正好相反，那时应该全力防止开启战端。我让他们互相对立，并且分别协助他们，提供他们科学、贸易、教育、正统医疗等等。我使他们感到，让端点星成为一个繁荣的世界，要比作为一个战利品更有价值。这个政策维持了三十年的和平。”

“是的，但你被迫用最可耻的形式来包装那些科援。你把它弄成宗教和鬼话的混合体，你还扶植了教士阶级，并且发明繁琐而毫无意义的仪典。”

哈定皱皱眉。“那又怎么样？我看不出它跟这个问题有什么关系。我最初那样做，是因为那些蛮子把我们的科学视为魔法，所以那种形式最容易让他们接受。教士阶级是自然形成的，若说我们出过力，也只是因势利导而已。这实在是微不足道的小事。”

“但是由那些教士来掌管发电厂，就不是小事了。”

“没错，可是仍由我们来训练。他们对于各种机器的知识全是经验法则，对于包在机器外面的宗教外衣深信不疑。”

“万一有人识破了宗教的外衣，并且超越了经验法则呢，你又如何制止他学习到真正的科技，再兜售给出价最高的一方？那时候，我们对各王国还有什么价值呢？”

“瑟麦克，几乎没有这个可能。你只看到了表面。四王国每年都选派最优秀的人员，来端点星接受教士培训教育，成绩最佳的还会留在这里继续深造。假如你以为那些留下来的教士——他们不但连一点科学基础都没有，更糟的是，所学到的还是刻意扭曲的知识——居然能参透核能工程、电子学和超曲速的理论，那么你对科学的看法就太浪漫、太愚蠢了。要达到这种境界，必须接受一辈子的训练，再加上一个聪明的脑袋才行。”

当哈定滔滔不绝时，约翰·李曾经突然站起来走出去，现在才又回来。哈定刚说完话，约翰便凑到这位上司耳边，说了一句耳语，并交给哈定一根铅筒。然后，约翰狠狠地瞪了代表团一眼，才坐回他的原位。

哈定双手来回转弄那根圆筒，又眯着眼看了看代表团的成员。然后他突然用力一扭，将圆筒打开来。只有瑟麦克一个人忍住好奇心，没有向滚出的纸卷瞄上一眼。

“各位，总而言之，”哈定说，“政府自认了解自己在做什么。”

他一面说一面读着。纸卷上写满许多行复杂而无意义的符号，但只有在一角用铅笔写的三个字，才传递了真正的讯息。哈定只瞄了一眼，就随手将它丢进焚化槽。

“只怕会面该结束了。”哈定说，“很高兴见到各位，谢谢你们的光临。”他敷衍地跟四个人一一握手，他们便鱼贯而出。

哈定几乎忍不住又要哈哈大笑，但直到瑟麦克与三名年轻伙伴走远之后，他才放纵地“咯咯”干笑几声，并对约翰露出愉快的笑容。

“约翰，你喜欢刚才那场吹牛比赛吗？”

约翰不高兴地哼了一声。“我可不认为他在吹牛。你得小心对付他，下次选举他很可能会胜利，正如他所声称的那样。”

“嗯，很可能，很可能——如果在此之前，什么也没发生的话。”

“哈定，这次要小心别弄巧成拙。我说过，这个瑟麦克拥有一批追随者。万一他在下次选举之前就采取行动呢？你我也曾使用武力达到目的，虽然你口口声声反对武力。”

哈定扬起一边的眉毛。“约翰，你今天非常悲观。而且也非常矛盾，否则你不会提到武力。还记得吧，当年我们的小小政变，没有令任何人丧命。那是在适当时机所采取的必要手段，过程平和、毫无痛苦，几乎不费吹灰之力。至于瑟麦克，他反对的和我们当年完全不同。你我可不是百科全书编者，我们有万全准备。老战友，派你的部下好好盯着他们。别让他们知道自己受到监视——但眼睛放亮点，明白吗？”

约翰苦笑几声。“哈定，我如果事事要等你下令，那也太差劲了，对不对？瑟麦克和他的手下，已经被监视一个月了。”

市长咯咯笑了起来。“你先下手为强啊？很好。对了，”他又轻声补充道，“维瑞索夫大使即将回到端点星，我希望他只是暂时停留。”

约翰沉默了一下子，似乎有点担心，然后才问：“刚才收到的讯息就是这件事吗？事情已经爆发了吗？”

“我不知道。在没见到维瑞索夫之前，我什么都不清楚。不过，也许真的爆发了吧。毕竟，那些事必须在选举之前发生。你怎么脸色那么难看？”

“因为我不知道事情会有什么结果。哈定，你太深沉了，什么事都藏在心底。”

“连你也这么说？”哈定喃喃道，接着又提高音量说：“这是否代表你也要参加瑟麦克的新政党？”

约翰只好勉强挤出笑容。“好吧，好吧，算你赢了。我们去吃午餐如何？”

02

哈定被公认是一位出口成章的人，不少格言警语据说都出自其口，不过有许多可能是伪托的。无论如何，据说他曾在某个场合，说过下面这句话：

“光明磊落总有好处，尤其对那些以卖弄玄虚著称的人。”

波利·维瑞索夫曾经多次遵照这句忠告行事，因为他已经以双重身份在安纳克里昂待了十四年——维持那种双重身份就好像是赤脚在灼热的金属上跳舞。

对于安纳克里昂人民而言，他是一位教长，是基地派来的代表。在他们那些“蛮子”心目中，基地是一切神秘的根源，也是他们的宗教圣地——这个宗教是借着哈定的助力，在过去三十年间所建立的。由于这个身份，维瑞索夫自然受到极度的尊敬。他却觉得无聊得可怕，因为他打心底讨厌那些以他自己为中心的宗教仪典。

但是安纳克里昂的国王——不论是已去世的老国王或是他目前在位的孙子，他们都将维瑞索夫视为基地这个强权派来的大使，对他的态度是又迎又惧。

整体而言，这是一份吃力不讨好的工作。今天是三年来第一次回基地，他是抱着度假的心情回来的，虽然那些麻烦的意外也非要他回来一趟不可。

由于并非首次必须在绝对机密的情况下旅行，他又采取了哈定“光明磊落”的策略。

他脱下神职人员的法衣，换上了便服——这样做已经算是度假。然后他搭乘定期太空客船回到基地，还故意坐二等舱。刚抵达端点星的太空航站，他就赶紧穿过拥挤的人潮，走到公共影像电话亭，打电话到市政厅去。

他说：“我名叫简·史迈，今天下午和市长有约。”

接电话的是一位声调平板无力、办事效率却很高的年轻女子。她立即打了另一通电话请示，然后用干涩、单调的声音告诉维瑞索夫说：“先生，哈定市长将在半小时后见您。”然后荧光屏上的画面便消失了。

挂上电话后，这位驻安纳克里昂大使买了一份最新的《端点市日报》，悠闲地踱到市政厅公园，坐在他找到的第一张长椅上，阅读报上的新闻评论、体育版与漫画来打发时间。半小时后，他把报纸挟在腋下，走进了市政厅的会客室。

在此期间，根本没有任何人认出他来。因为他的一切行动光明磊落，谁也没有想要多看他一眼。

哈定抬起头，咧嘴一笑。“请抽根雪茄吧！旅途愉快吗？”

维瑞索夫取了一根雪茄。“很有趣。我的邻舱有位教士，他要来基地接受放射性合成物质使用的特别训练——你知道吧，那是用来治疗癌症的。”

“想必他不会称之为‘放射性合成物质’吧？”

“我想一定不会！对他来说，那是一种‘圣粮’。”

市长微微一笑。“请继续。”

“他诱使我跟他讨论灵学问题，并且想尽办法，要使我从卑鄙龌龊的唯物主义中得救。”

“而他一直没有发觉你是他的教长？”

“我没穿深红色法衣，他怎么认得出来？何况，他是司密尔诺人。不过，那是一次有趣的经历。哈定，这实在太神奇了，科学性宗教已经牢固地深植人心。我写过一篇文章讨论这个现象——纯粹是自己写着好玩，并不适合发表。我以社会学的眼光来研究这个问题，当旧帝国在银河外缘开始瓦解时，就科学本身而言，它似乎也开始在这些世界消失。为了使科学再度为人接受，它就必须以另一种面貌出现——这正是我们的做法，它的确很成功。”

“真有意思！”市长把两手交叉放在颈后，突然说：“谈谈安纳克里昂的情况吧！”

大使皱起眉头，把雪茄从口中取出来，不以为然地看了看，再放到一旁。“嗯，情况很不好。”

“否则，你也不会赶回来。”

“差不多。情况是这样的：安纳克里昂的关键人物是摄政王温尼斯，他是列普德国王的叔父。”

“我知道。但列普德不是明年就成年了吗？我记得他明年二月就满十六岁了。”

“没错。”维瑞索夫顿了顿，再以挖苦的语气补充：“前提是他能活到那时候。他父亲的死因极为可疑，是在狩猎时被针弹射穿胸部，官方的说法是意外丧生。”

“唔。我在安纳克里昂的时候，好像也见过温尼斯。那时我们刚把安纳克里昂人赶出端点星，而你还没有上任。让我想一想，如果我记得没错，他是个皮肤黝黑的小伙子，黑发，右眼斜视，还有一个滑稽的鹰勾鼻。”

“就是他。鹰勾鼻和斜眼都还在，但是头发如今灰白了。他行事卑鄙无耻，但好在他是那颗行星上的头号大笨蛋。他同样自以为聪明机灵，却使得他的愚蠢更加透明。”

“通常都是这样。”

“他的信念是杀鸡也得用核炮。最明显的例子是两年前老国王刚死的时候，他试图对灵殿的财产课税。你还记得吗？”

哈定感慨万千地点点头，然后露出微笑。“教士们曾经反弹。”

“他们的反弹声浪，在银河另一端都听得见。自从那次事件之后，他就对教士更加提防，不过还是不改他的强硬作风。就某方面来说，这对我们不利，他实在是无限度地自信。”

“也许是一种过度补偿的自卑情结吧。王储的弟弟往往有这种倾向，你知道的。”

“但两者殊途同归。他就像只疯狗，极力主张进攻基地，自己从不掩饰这个企图。从军备观点而言，他也的确有这个能力。老国王生前建立了强大的星际舰队，温尼斯这两年也没闲着。事实上，他当初想对灵殿的财产课税，也是为了扩充军备。这个企图失败之后，他竟然把所得税提高了一倍。”

“有没有人抱怨呢？”

“并没有任何激烈的抗议。服从圣灵所属意的威权，是王国内每场布道必有的讲题。但是温尼斯并不领情。”

“好，我知道背景了。现在告诉我，究竟发生了什么事？”

“两星期之前，安纳克里昂商船发现了一艘帝国星际舰队弃置的巡弋舰，它在太空里至少飘荡了三个世纪。”

哈定眼中闪耀出兴致勃勃的光芒，他立刻坐直身子。“对，我也听说了。宇航局曾经向我提出申请，希望能得到那艘星舰作研究之用。它的情况良好，我很清楚。”

“完全处于最佳状况。”维瑞索夫冷冷地应道，“上星期，你写信建议他把那艘巡弋舰交给基地，温尼斯收信后，简直要气炸了。”

“他还没有答复呢。”

“他不会答复的——除非用枪炮答复你。你可知道，在我离开安纳克里昂那一天，他曾经来找我，要求基地把那艘巡弋舰整修至战备状态，再交还安纳克里昂星际舰队。他厚颜无耻地说，你上星期送去的信，代表基地有攻击安纳克里昂的企图。他还说假如我们拒绝修理巡弋舰，就证明他的怀疑是事实。为了安纳克里昂的安全，他将被迫采取自卫行动。他就是这么说的——被迫采取自卫行动！所以我只好赶回来了。”

哈定轻轻笑了几声。

维瑞索夫也微微一笑，继续说：“当然，他在等待我们拒绝。在他看来，那是立即进军的最佳借口。”

“维瑞索夫，我了解了。好吧，我们至少还有六个月的时间，所以不妨把巡弋舰修理好，再恭敬地送还给他们。为了表示我们的敬意和友善，把它重新命名为‘温尼斯号’吧。”

哈定又笑了几声。

维瑞索夫仍然以一丝笑意回应。“哈定，我相信这是合理的做法——但我有些担心。”

“担心什么？”

“那是一艘星舰！是帝国当年才能建造的星际巡弋舰。它的容量相当于安纳克里昂舰队总容量的1.5倍；它配备有足以摧毁整个行星的核炮，还有能抵抗Q能束、完全不产生辐射的防护罩。哈定，那艘星舰实在太好了……”

“维瑞索夫，那只是表面上，表面上如此。你我都知道，以他现有的兵力，想要攻击端点星是轻而易举，我们根本来不及修好那艘巡弋舰当防御武器。那么，把它送给温尼斯又有什么关系呢？而且你也知道，根本不会发生真正的战争。”

“没错，我也这么想。”大使抬起头，“可是，哈定……”

“怎样？为什么停下来？继续说啊。”

“好的，虽然这不是我的份内之事。但是我从报纸上看到……”他把日报放在桌上，指着第一版说：“这到底是怎么回事？”

哈定随便瞄了一眼。“一群市议员准备组建一个新的政党。”

“上面是这么写的。”维瑞索夫坐立不安，“我知道内政方面你比我清楚，但是除了尚未诉诸武力，他们用尽一切方法在攻击你。他们的势力究竟多大？”

“还真他妈的强。下次选举之后，他们可能就会控制议会。”

“不是选举之前？”维瑞索夫斜眼望着市长，“除了选举之外，还有不少夺取政权的办法。”

“你把我看成温尼斯了？”

“当然没有。可是修理星舰需要好几个月，而且修好后攻击必然随之而来。我们的让步会被当成一种极度懦弱的迹象，何况一旦拥有帝国巡弋舰，温尼斯的舰队会增强一倍实力。到时候他一定会发动攻击，这就跟我的教长头衔一样确凿。我们何必冒险呢？你现在只有两个选择，一是把我们的计划告知议会，二是现在就逼安纳克里昂摊牌！”

哈定皱起眉头。“现在就逼他们摊牌？在危机来临之前？我绝不会那样做。你别忘了哈里·谢顿和他的计划。”

维瑞索夫犹豫了一下，然后喃喃道：“这么说，你绝对相信有那个计划的存在？”

“这几乎是不容怀疑的。”哈定断然地回答，“当年‘时光穹窿’开启时我也在场，而谢顿的录像透露了这个秘密。”

“哈定，我不是指那个。我只是不懂，他怎么可能预测往后一千年的历史。也许只是谢顿过于自信吧。”看到哈定露出讥讽的微笑，维瑞索夫有点心虚，补充了一句：“好吧，我又不是心理学家。”

“没错，我们都不是。但我在年轻的时候，的确受过一些基本训练——足以让我了解心理学的能耐，即使我自己无法善加利用。哈里·谢顿的确做到了他所宣称的事，这点无庸置疑。正如他所说，基地的建立是为科学提供一个避难所——在新兴的蛮荒世纪中，用以保存逝去帝国的科学和文化，以待重新发扬光大，建立第二帝国。”

维瑞索夫点点头，但还是有点怀疑。“每个人都知道事情应该会演变成那样，但是我们能冒这个险吗？为了虚无飘渺的未来，我们能拿现在当赌注吗？”

“我们必须这么做——因为未来并非虚无飘渺。谢顿已经计算并描述得很清楚。他已经预先设定未来将连续不断发生的危机；每一次危机，多少都取决于上一个危机的圆满解决。目前的危机只是第二个，天晓得倘若稍有偏差，最后会造成什么结果。”

“这算是空洞的臆测。”

“不！是哈里·谢顿在时光穹窿中这么说的。每次遇到危机时，我们的行动自由便会受限，只剩下唯一的一条路可走。”

“为了使我们维持在这条窄路上？”

“或者说，为了避免我们走到岔路上。反之，假如行动方案不止一个，就表示危机尚未来临。我们必须尽可能让事情自然发展，太空在上，这正是我打算要做的事。”

维瑞索夫并没有回答。他只是咬着下唇，不情愿地沉默不语。去年，哈定才头一次跟他讨论这个问题——这个实际的问题：如何化解安纳克里昂进攻基地的意图。因为那个时候，连维瑞索夫也开始主张停止姑息政策。

哈定似乎能猜到这位大使的想法。“我倒宁愿从来没有告诉过你这些事。”

“你为何这么说？”维瑞索夫吃惊地吼道。

“因为现在总共有六个人——你、我、另外三位大使以及约翰·李——对于将要发生的事有了相当的概念，我真担心谢顿其实希望瞒着每个人。”

“为什么？”

“因为谢顿的心理学虽然先进，却有先天的限制。它不能处理太多的独立变量。它也无法用在个人身上，不论想要预测的时间是长是短，就像‘气体运动论’不适用于个别分子一样。谢顿的研究对象是群众，是整个行星上的居民。这些群众还必须不知情；对于行动将产生什么结果，他们完全没有任何预知。”

“我听不太懂。”

“我也没办法。我并不是真正的心理学家，不能用科学的语言来详细说明。可是你也知道，端点星上没有训练有素的心理学家，也没有这方面的数学参考书。显然，谢顿不要让端点星上的人具有任何预测未来的能力。他希望我们盲目发展——因而也就能正确地根据群众心理学的原则来发展。正如我曾经告诉过你的，当初我赶走安纳克里昂人的时候，根本不知道我们应该何去何从。当时我的想法只是保持势力均衡，如此而已。直到后来我才发觉，各个事件之间有个微妙的模式；但是我采取行动时，尽量不考虑这一点。因为一旦被先见之明所干扰，整个计划就会被破坏了。”

维瑞索夫若有所悟地点点头。“我在安纳克里昂的灵殿中，也曾听过同样复杂的理论。然而，你要如何判断正确的行动时机？”

“时机早已决定了。你也承认，一旦我们修复了巡弋舰，温尼斯势必会对我们发动攻击。这件事绝无任何回旋余地。”

“没错。”

“好，所以外在因素已经确定了。另一方面你也承认，下次选举后，会产生一个由反对党主控的新议会，它会迫使我们对安纳克里昂采取行动。这也没有任何回旋余地。”

“没错。”

“当所有余地都消失时，危机就来临了。话说回来，我有点担心。”

哈定停了下来，维瑞索夫耐心地等着。哈定却慢慢吞吞、几乎很勉强地继续说：“我有一个想法——只能算是个人见解——根据谢顿的计划，内外的压力应该在同时升到顶点。如今看来，却有几个月的出入。温尼斯可能在春天之前就打过来，而距离选举却还有一年的时间。”

“这好像并不重要。”

“我不知道。也许只是不可避免的计算误差，或者由于我知道得太多使然。我尽量避免让自己的预感左右自己的行动，但我又如何确定呢？那一点点时间上的差异，会带来什么样的影响？无论如何，”他抬起头来，“至少有一件事我已经决定了。”

“什么事？”

“当危机爆发时，我要到安纳克里昂去。我要亲自到现场去……喔，维瑞索夫，我们谈得够多了。时候不早了，我们出去喝杯酒，我想轻松轻松。”

“那就在这里喝吧，”维瑞索夫说，“我可不想被认出来。否则你也知道，那些伟大的议员新组的政党会怎么说。叫人送些白兰地来吧。”

哈定接受了他的建议——但没有叫得太多。

03

古时候，当银河帝国统治着整个银河系，而安纳克里昂是银河外缘最富裕的星郡时，曾有不少皇帝正式访问过安纳克里昂的总督官邸。而且，每一位莅临的皇帝都曾经一试身手，也就是驾着高速空中飞车，用针枪猎杀如同空中堡垒般的巨鸟。

如今，安纳克里昂的声望已随着光荣时代一起走入历史。现在那座总督官邸，除了由基地工人修复的一侧之外，其余全是 片断垣残壁的废墟。而最近两百年间，也从来没有皇帝驾临此地了。

不过，猎杀巨鸟仍是此间王室钟爱的狩猎活动，而身为安纳克里昂国王的首要条件，就是要善用猎射巨鸟的针枪。

列普德一世是当今的安纳克里昂国王，并且照例冠上“银河外围之主”这个名不副实的封号。虽然他还不满十六岁，已经是猎杀巨鸟的高手。他在不到十三岁时就首开纪录，即位刚满一周，就打下生平第十只巨鸟。今天他猎杀到第四十六只，正高高兴兴踏上归途。

“在我成年之前，要射下五十只。”他欢欣鼓舞地说，“谁敢跟我打赌？”

朝臣们都不敢跟国王打赌，因为赢了反倒有杀身之祸，所以没有人敢做声。于是国王得意洋洋地准备回房换衣服。

“列普德！”

听到这声强有力的叫唤，国王停下迈出一半的脚步，闷闷不乐地转过头来。

温尼斯站在自己的书房门口，以严厉的目光瞪着年轻的侄子。

“让他们退下，”温尼斯做着不耐烦的手势，“快让他们退下。”

国王生硬地点点头，两名侍从便赶紧鞠躬并退到楼下去。列普德自己则走进叔父的书房。

温尼斯忧心忡忡地瞪着国王的猎装。“要不了多久，你就得把心思放在比猎鸟更要紧的事情上。”

他转身蹒跚地走向书桌。温尼斯自从上了年纪，受不了气流的冲击，也无法冒险俯冲到巨鸟的翼下，更不能以单脚操纵空中飞车翻滚爬升，他就对这项运动产生了反感。

列普德深知叔父的酸葡萄心理，却不怀好意，故意兴冲冲地说:“叔叔，你今天真该跟我一起去。我们在沙米亚草原赶起一只巨鸟，简直大得像个妖怪，于是游戏便开始了。我们追赶了它两个小时，至少横跨七十平方英里。然后，我到了向阳高原。”

国王一面说，一面比手划脚，好像他还在高速空中飞车上。“我开始盘旋俯冲。趁它往上飞的时候，我射击它的左翼下方。结果将它激怒了，打横翻滚出去。我勇敢迎战，向左急转，等着它笔直落下。果然不出我所料，它真的下来了。可是我还来不及行动，它已经冲到翅膀打得到我……”

“列普德！”

“喔——我就射中它了。”

“我不怀疑这一点，现在你注意听我说好吗？”

国王耸耸肩，随即被桌上的食物吸引，拿起一颗莉菈坚果咬了几口。他露出国王不该有的愠怒，也不敢正视叔父的眼睛。

温尼斯先说了一句开场白：“我今天上了那艘星舰。”

“什么星舰？”

“星舰只有一艘，只有那一艘！就是基地正在替我们舰队修复的那艘，它是当年帝国的巡弋舰。我这样说够清楚了吗？”

“就是那艘吗？你瞧，我早就告诉你，只要我们叫基地帮忙修理，他们绝不敢抗命。你说什么他们想攻击我们，你瞧，那只是你神经过敏。假使他们有那个意思，又怎么会替我们修理星舰呢？你瞧，这根本说不通。”

“列普德，你是个笨蛋！”

国王刚把坚果壳扔掉，正拿起另一颗准备塞进嘴里，听了这句话，他满脸涨得通红。

“好啊，请你注意，”国王的声音虽然不悦，但是仍然跟撒娇差不多，“我想你不应该那样骂我，你忘了自己是什么身份。你瞧，我再过两个月就成年了。”

“对，你就要当一国之主，承担起国王的重责大任。假如你把打鸟的时间分一半来处理公务，我马上心安理得地辞去摄政的职位。”

“我不在乎。你瞧，这根本是毫不相干的两码事。事实是，即使你是摄政王，又是我的叔叔，但我仍是国王，而你仍是我的臣民。无论如何，你不应该骂我笨蛋，也不应该在我面前坐下；你还没有请求我的恩准。我认为你该小心点，否则我会有所反应——很快就会。”

温尼斯以冷峻的目光望着国王。“我应该尊称你‘陛下’

吗？”

“是的。”

“很好！陛下，你是个笨蛋！”

在斑白的眉毛下，温尼斯的黑眼珠冒出怒火，吓得年轻的国王慢慢坐下来。

一时之间，温尼斯脸上浮现出得意的嘲讽神色，但只是一闪而过。他很快咧开厚厚的嘴唇笑了笑，并伸出一只手搭着国王的肩膀。

“列普德，别介意。我不该对你那么凶。但是压力那么大的时候，有时很难让言行合乎礼数——你懂吗？”他的语气虽然温和，目光却没有软化。

列普德犹豫不决地说：“是啊。你瞧，国家大事相当艰难。”他开始有点担心，会不会又得听叔父提起无聊的对司密尔诺本年贸易细节，或是红廊区各零星世界间的长期纠纷等等问题。

温尼斯继续说：“孩子，我早就想跟你谈这件事，也许我早该跟你谈谈。但是我知道你太年轻，不耐烦听这些繁琐的政务。”

列普德点点头。“嗯，没关系……”

这位叔父断然地抢着说：“然而，再过两个月你就成年了。更重要的是，面对将来的挑战，你必须扮演一个积极主动的角色。列普德，你即将成为一位真正的国王了。”

列普德又点点头，表情却相当茫然。

“列普德，战争很快就要来临。”

“战争！但我们已经和司密尔诺休战……”

“不是司密尔诺，而是跟基地作战。”

“但是，叔叔，他们已经同意为我们修理星舰。你说……”

看见叔父的嘴唇一撇，他赶紧把下面的话硬生生咽回去。

“列普德，”温尼斯的语气不再那么友善，“我把你当大人在跟你讨论问题。不管基地愿不愿意修理星舰，我们都要和他们作战；事实上，既然修理正在进行，战争反而爆发得更快。基地是一切有形和无形力量的根源。安纳克里昂的一切伟大成就，包括船舰、城市、百姓、贸易等等，样样都仰赖基地的鼻息，而基地施舍给我们的，只不过是它的九牛一毛，一些不要的残渣剩菜。我自己还记得当年，安纳克里昂的城市都只能靠油和煤来取暖。但不提这些了，你不会有任何概念的。”

“我们似乎，”国王战战兢兢地说，“应该感激……”

“感激？”温尼斯吼道，“他们只肯施舍一点渣滓给我们，天晓得他们自己藏了多少宝贝——他们藏起来是在打什么主意？哈，他们想要有朝一日统治整个银河。”

他将手移到侄子的膝盖上，眯起了眼睛。“列普德，你是安纳克里昂的国王。你的儿子或儿子的儿子，有可能成为宇宙之王——只要你能得到基地隐藏起来的力量！”

“你说得有些道理。”列普德的眼睛亮了起来，脊背也挺直了，“毕竟，他们有什么权利独占呢？你瞧，这不公平。安纳克里昂也该有一份。”

“看，你开始了解了。那么，孩子，万一司密尔诺决定抢先攻占基地，夺取所有的力量，那该怎么办？我们逃得过成为藩属的命运吗？你自己还能当多久的国王呢？”

列普德变得激动起来。“太空啊，有道理。你瞧，你说得完全正确。我们必须先发制人，这只是自卫罢了。”

温尼斯的笑容扩大了一点。“此外，在你的祖父称王之初，安纳克里昂的确曾在基地所在的端点星上，建立过一个军事基地——它对我们的国防极为重要。但是，由于基地领导者的阴谋诡计，逼得我们被迫撤离。那人是个狡滑的无赖，只是一名学者，全身上下没有一滴贵族血液。列普德，你懂吗？你的祖父被那个平民羞辱过。我还记得他！他差不多跟我同年，当年他带着恶魔似的微笑和恶魔似的头脑来到安纳克里昂——拿着另外三个王国当后盾，他们组成了反抗安纳克里昂伟业的懦夫联盟。”

列普德满脸通红，眼睛也更亮了。“我向谢顿发誓，假使我是祖父，无论如何我都决心一战。”

“不，列普德。我们当时决定等待——等待更恰当的时机再雪耻。在你父亲没有猝然辞世之前，他曾经希望自己就是……唉！唉！”温尼斯把脸转开一会儿，再用似乎很伤痛的口吻说：“他是我的兄长，假如他的孩子……”

“对，叔叔，我不会辜负他。我已经下定决心，安纳克里昂一定要扫荡那个制造麻烦的祸源，而且要马上。”

“不，不能马上。首先，我们必须等巡弋舰修好。他们接下修理的工作，唯一的原因是害怕我们。那些傻瓜想讨好我们，但我们并不会改变心意，对不对？”

列普德一手握拳，猛捶另一只手的掌心。“只要我还是安纳克里昂王，绝对不会。”

温尼斯的嘴唇扯出一个嘲讽的神情。“此外，我们必须等塞佛·哈定来到这里。”

“塞佛·哈定！”国王突然睁大眼睛，光洁稚嫩的脸上原本堆满的凶悍线条消失无踪。

“对，列普德，基地的领导人要亲自到安纳克里昂来祝贺你的生日——或许是想来巴结我们。但是他这样做毫无用处。”

“塞佛·哈定！”国王只是喃喃低语。

温尼斯皱起眉头。“你怕这个名字吗？就是这个塞佛·哈定，他上次来的时候，简直就是踩在我们头上。王室曾经遭到这种奇耻大辱，你不会忘记吧？而且他只是一个平民，是贫民窟里的垃圾。”

“我想我不会忘记，不会忘记的，绝对不会忘记！我们要以牙还牙……但是……但是……我有点……有点害怕……”

摄政王站了起来。“害怕？怕什么，你怕什么？你这个小王……”他及时把下面的话吞回去。

“那会是……呃……一种亵渎，你瞧，竟然去攻击基地。我的意思是……”他停了下来。

“说下去。”

列普德以困惑的口吻说：“我的意思是，假如真有‘银河圣灵’，它……呃……它可能会不高兴的。你不觉得吗？”

“不，我可不那么想。”温尼斯答得非常冷酷。说完他再度坐下，嘴唇扭曲成一个诡异的笑容。“你的脑袋真的为银河圣灵这么担心吗？所以你才会这么胡思乱想，优柔寡断。我认为，你是听多了维瑞索夫的鬼话。”

“他对我解释了很多……”

“有关银河圣灵的事吗？”

“是啊。”

“哎呀，你这个乳臭未干的娃儿。他对于自己所说的那一套惑众妖言，比我更不相信千百倍，而我呢，则是一点也不相信。那些都是无稽之谈，我告诉过你多少次了？”

“嗯，我知道。但是维瑞索夫说……”

“别听维瑞索夫的，那都是胡说八道。”

接着是短短一段抗议性的沉默，然后列普德才说：“反正大家都相信。我是说关于先知哈里·谢顿，以及他如何指定基地完成他的圣训——在未来的某一天，‘银河乐园’将重返人间；不服从圣训的人将永远形神俱灭。老百姓都相信这个说法，我主持过庆典，所以我知道他们都相信。”

“没错，他们相信，但是我们不相信。其实你应当感激这件事实，由于这套愚民政策，你才能根据神的旨意当上国王——让你自己变成半人半神。这简直轻而易举。这套说法也消除了所有叛变的可能，保证老百姓绝对服从每一件事。所以说，列普德，你必须主动对基地宣战。我只是摄政王，是个凡人。而你是国王，对老百姓而言，是半个神。”

“但我自己觉得不是。”国王深思熟虑地说。

“对，其实不是。”温尼斯以挖苦的语气答道，“但在别人眼中你就是，只有基地的人例外。懂了吗？基地以外的人都认为你是半个神。假如把他们除去，就再也没有人否认你的神性。你想想清楚！”

“到那个时候，我们就能自己控制灵殿的发电机、无人太空船、治癌的圣粮和其他一切？维瑞索夫说，只有银河圣灵祝福过的人才能……”

“对，维瑞索夫那么说！除了哈定，维瑞索夫就是你最大的敌人。列普德，你和我站在一起，不用担心他们。让我们叔侄联手，共同重建一个帝国——不只是安纳克里昂王国，而是包括整个银河系上千亿颗恒星的帝国。这样总比口头上的‘银河乐园’更好吧？”

“是……是的。”

“维瑞索夫能保证更多吗？”

“不能。”

“好极了。”温尼斯的语气变得更加蛮横，“我想，这个问题可以算解决了。”他不等国王回答，又说：“你走吧，我等会儿再下去。列普德，还有一件事。”

年轻的国王刚走到门槛，又回过头来。

温尼斯面露微笑，眼里却没有一丝笑意。“孩子，你打巨鸟的时候要小心。自从你父亲不幸意外身亡，有些时候，我对你的安危有很奇怪的预感。针枪射出的针弹在空中乱飞时，混乱之中，谁也说不准会发生什么事。我希望你要多加小心。有关基地的问题，你会照我说的去做，对吧？”

列普德睁大眼睛，却避开叔父的视线。“对……当然。”

“很好！”他面无表情地瞪着侄子的背影，然后走回自己的书桌。

而列普德离开时，内心却充满忧虑与恐惧。攻击基地、取得温尼斯所说的力量，或许的确是最好的策略。但是他又有一种强烈的感觉——当战争结束，自己的王权巩固之后，温尼斯与他那两个高傲的儿子就会等着继承王位。

但他是国王，国王能下令处死任何子民。

即使叔父或堂兄也不例外。

04

除了瑟麦克本人，路易斯·玻特是反对阵营中最活跃的一员。他一直积极地召集异议分子，进而促成如今声势浩大的“行动党”。但他并未参加大约半年前去拜见塞佛·哈定的代表团。这并不表示他的努力未被认可，事实上正好相反。他不能参加是因为另有重要任务，当时他正在安纳克里昂的首都世界。

那次他是以私人身份去的。他没有拜会任何达官贵人，也没有其他什么大动作。他只是去观察那个忙碌世界的各个幽暗角落，并且透过各种管道刺探情报。

他回到端点星时已是冬季，那个短暂的白昼始于乌云而终于瑞雪。玻特是在傍晚抵达的，不到一小时后，他已经坐在瑟麦克家中的八角桌旁。

薄暮中厚厚的积雪，像压在所有人的心头，令气氛相当凝重。玻特却没有委婉的开场白，一开口就开门见山。

“恐怕，”他说，“我们目前的处境，套用夸张的说法，就是‘徒劳一场空’。”

“你真的这么想吗？”瑟麦克沮丧地问。

“瑟麦克，这还用说吗，没有别的可能了。”

“关于军备……”托卡·渥图有些急切地说，却马上被玻特阻止。

“忘了它吧。这是个司空见惯的老把戏，”玻特环顾四周每一个人，“我指的是如何控制安纳克里昂的人民。我承认最初是我提出那个构想，由我们来资助一场宫廷革命，扶植一个亲基地的人为王。这是很好的想法，至今仍是如此。它唯一的缺点就是无法实现，伟大的塞佛·哈定早就防到了。”

瑟麦克不悦地说：“玻特，你能不能告诉我们详情？”

“详情！没有详情！事情可没那么单纯。安纳克里昂的整个情势，都他妈的牵扯在内。都是因为基地在那里所设立的宗教，它还真有效！”

“喔！”

“必须亲眼见到，你才会相信效果有多好。你在这里能看到的，只有我们为了训练教士所设立的大型学校，或是为了让朝圣者开开眼界，而在市内不起眼的角落偶尔举办的特别表演——如此而已。整件事对我们几乎没有什么影响，但是在安纳克里昂……”

兰姆·塔基用一根指头摸摸自己古怪的短髯，又清了清喉咙。“那是什么样的宗教？哈定不断强调，说那是为了使他们全盘接受我们的科学，而随便弄出来唬人的幌子。瑟麦克，你还记得吧，当天他告诉我们……”

“哈定的解释，”瑟麦克提醒众人，“表面的意义通常并不大。玻特，但那到底是什么样的宗教呢？”

玻特想了一想。“就伦理学而言，并没有什么问题。和帝国时代的各种哲学没有太大不同，不外是崇高的道德标准之类的。从那个角度来看，没有什么值得批评的。历史上，宗教一直有很大的教化力量，就这一点而言，它的确达成了……”

“这些我们都知道，”瑟麦克不耐烦地打断他的话，“只说重点就好了。”

“重点如下，”玻特感到有点窘，不过并未表现出来，“这个宗教——请各位注意，它是由基地所创立和提倡的——是建立在绝对威权的体制上。我们供给安纳克里昂的科学设备，只能由神职人员控制，但他们只学会了按部就班地操作。他们全心全意信仰这个宗教，也相信……嗯……他们所操纵的这些力量的形而上价值。举个例子来说，两个月以前，有个傻瓜搞坏了第沙雷克灵殿的发电厂——那是几座大型发电厂之一，当然整个城市都被污染了。结果每个人都认为那是神灵的惩罚，包括那些教士在内。”

“我记得，当时报上曾经登过一点二手报道。我还是不明白你到底想说什么。”

“那么请听着，”玻特以严肃的口吻说，“教士形成了一个特殊阶级，而国王位于这个阶级的顶峰，他被视为某种神祇。根据神的旨意，他成为具有绝对威权的君主；这种君权神授的思想，人民都深信不疑，连教士们也一样。这样的国王是无法推翻的，现在你懂了吗？”

“且慢，”渥图道，“你说这些都是哈定安排的，这是什么意思？他是怎么插上一脚的？”

玻特以苦涩的目光瞥了瞥渥图。“基地千方百计创造了这个幻象，又将所有的科援都藏在这个幌子后面。国王每回主持重要庆典，放射性灵光一定笼罩全身，并在他头上形成王冠似的光环。此时若有人碰触国王，就会遭到严重灼伤。在典礼的关键时刻，国王还会在空中飞来飞去，表示他已经和神灵发生感应。而他做一个手势，就能使整座灵殿发出珍珠般的光芒。我们为国王设计的这些小把戏不胜枚举，那些教士参与实际工作，自己却也相信这一套。”

“糟糕！”瑟麦克气得紧咬嘴唇。

“每当想到我们错过大好时机，我真想号啕大哭，媲美市政厅公园的喷水池。”玻特认真地说，“想想三十年前的情况，哈定刚把基地从安纳克里昂手中解救出来——当时，安纳克里昂人还不清楚帝国已经开始衰落。自从宙昂人叛乱以来，他们一直自顾不暇，甚至当银河外缘和帝国断绝通讯，列普德的盗贼祖父自立为王时，他们仍然不晓得帝国已经分崩离析。

“假如那时的皇帝有胆量，他只要派出两艘星际巡弋舰，配合安纳克里昂本身必然爆发的内乱，就能轻而易举将它收复。而我们，我们当时同样能够征服他们；哈定却没有这么做，反而为他们建立了君主崇拜制度。我个人真不了解，为什么？为什么？为什么？”

杰姆·欧西突然问道：“维瑞索夫如今在干什么？他曾经比今日的行动党员还要激进，现在他在那里做什么？难道他也瞎了吗？”

“我不知道。”玻特生硬地说，“他现在是那里的教长。但据我所知，他只是担任教士的技术顾问而已。傀儡领袖，该死的家伙，傀儡！”

在座的人都沉默下来，大家不约而同望向瑟麦克。年轻的党魁神经质地咬了一阵指甲，然后高声说：“不好了，有问题！”

他环顾四周，以更有力的口吻说：“哈定会是这种笨蛋吗？”

“似乎如此。”玻特耸耸肩。

“不可能！事情有点不对劲。让人如此任意宰割我们，这种事只有超级大笨蛋才做得出来。哈定即使是笨蛋，也不至于笨到那种程度，更何况我不承认他是笨蛋。他一方面创立宗教，为他们消除一切内乱的可能。另一方面，他又用各种武器把安纳克里昂武装起来。我不相信有这种事。”

“我也承认，事情的确有些蹊跷。”玻特说，“但是事实如此，我们还能怎么想呢？”

渥图万分激动地说：“这是公然叛变，他被收买了。”

瑟麦克却不耐烦地摇摇头。“这我也不相信。一切都显得既疯狂又没有意义。玻特，告诉我，你有没有听说有关那艘巡弋舰的任何消息，就是基地替安纳克里昂舰队修理的那艘星舰。”

“巡弋舰？”

“一艘帝国时代的巡弋舰。”

“没有，我没听说，但这并不能代表什么。舰队船坞是一般人绝对不准进入的宗教圣地。星际舰队的事，外人是不可能听说的。”

“嗯，还是有谣言流传出来。本党成员在议会里提起过这件事，你可知道，哈定从来没有否认。他的发言人曾经公开谴责造谣者，然后就不再过问了。这似乎饶有深意。”

“这是整个事件的环节之一，”玻特说，“倘若是真的，就疯狂得离谱了。可是，这件事不会比其他情况更糟。”

“我想，”欧西说，“哈定绝不会另外藏有什么秘密武器。也许……”

“是啊，”瑟麦克刻毒地说，“他不会藏有什么神灯魔盒，能在紧要关头跳出一个妖魔，把温尼斯那个老家伙吓得屁滚尿流。假如基地必须仰仗任何秘密武器，倒不如我们自己炸掉端点星，从提心吊胆的痛苦中解脱算了。”

“嗯，”欧西赶紧转变话题，“问题归结到一点：我们还有多少时间？啊，玻特？”

“好吧，问题就在这里。但是别看我，我也不知道答案。安纳克里昂所有的传播媒体始终没有提到基地；最近则通通在报道庆典即将来临的消息，其他什么都没有。列普德下星期就成年了，你知道吧。”

“那么我们还有几个月，”渥图露出今晚的第一个笑容，“这让我们还有时间……”

“还有时间，得了吧。”玻特咬牙切齿，显得很不耐烦，“我告诉你，那个国王是神。你以为他得利用宣传的手段，才能激起人民的斗志？你以为他必须指控我们侵略，还得放任人民敌视基地一阵子？只要时候到了，列普德一声令下，全民动员，就这么简单。这就是那种体制最要命的地方，因为你不能质疑神的决定。谁知道他会不会明天就下令，然后马上大军压境。”

大家抢着发言，正当瑟麦克敲着桌子要大家安静，前门突然打开，李维·诺拉斯特大步走了进来。他跳上楼梯，大衣都没来得及脱，因而洒下一路雪花。

“看看这个！”他一面大喊，一面把沾着雪花的报纸扔到桌上，“新闻幕上也全都是这个消息。”

报纸立刻被翻开来，五个头一起凑过去看。

瑟麦克以沙哑的声音说：“太空啊，他要去安纳克里昂！去安纳克里昂！”

“果然是叛国。”塔基突然激动地尖叫，“若是渥图说得不对，我甘愿自杀。他把我们出卖给敌人，现在要去领赏了。”

瑟麦克站了起来。“我们现在已经别无选择。明天在议会中，我将提议弹劾哈定。万一此举失败的话……”

05

雪已经停了，但是仍在地面凝成厚厚的一层。一辆光洁的地面车，在杳无人迹的街道上艰辛地前进。黎明时分，朦胧的曦光分外寒冷——这不只是诗意的描述，更是千真万确的事实。因此，即使如今基地的政治处于动荡状态，但无论行动党或亲哈定派，都没有任何人有足够的热诚与斗志，能这么早就开始进行街头活动。

约翰·李很不喜欢这种状况，他提高音量咕哝着。“哈定，这样很不好。他们会说你是溜走的。”

“想说就让他们说吧。我必须到安纳克里昂去，而且我要走得顺利。约翰，现在什么也别说了。”

哈定仰靠在有衬垫的座椅上，身子有些发抖。车里装有暖气，其实并不冷，但是车外白雪覆盖的世界，虽是透过车窗看去，依然为他带来寒意。

哈定若有所思地说：“等到我们把这件事解决之后，应该设法控制端点星的气候。这并不是什么难事。”

“我倒想先做几件其他的事。”约翰答道，“比如说，替瑟麦克控制气候如何？一间精致干爽的单人牢房，常年调节到摄氏二十五度，应该很适合他。”

“这样一来，我可真的需要保镖了，”哈定说，“而不是只有这两位。”他指指那两名坐在司机旁边的约翰私人保镖，他们严峻的目光投射到空旷的街道，一手按在随身的核铳上。“你显然打算挑起内战。”

“我吗？我可以告诉你，火堆里早就有好多木柴，根本不用怎么拨动。”他扳着肥短的手指，“第一，瑟麦克昨天在市议会中高叫弹劾。”

“他完全有这个权利，”哈定冷静地说，“不过，他的动议以206票对184票被否决了。”

“是的。只差22票而已，我们本来估计至少能赢60票。你别否认，你当初明明也这样想。”

“的确很接近。”哈定承认。

“好的。第二，投票之后，59名行动党员愤而退席，浩浩荡荡步出市议厅。”

哈定默然不语，约翰继续说：“第三，瑟麦克在退席之前，曾经高喊你是叛徒，说你到安纳克里昂是去领赏，又说拒绝弹劾你的多数派议员都等于加入了叛变行动，还说‘行动党’不是虚有其名。这些话听起来如何？”

“听起来像麻烦吧。”

“而现在你却像个逃犯，一大清早就急着开溜。哈定，你应该面对他们——太空啊，若有必要，就发布戒严令！”

“武力是——”

“——无能者最后的手段。得了吧！”

“算了，等着看吧。约翰，现在注意听我说。三十年前，在基地创立五十周年纪念日那一天，时光穹窿开启，出现了哈里·谢顿的录像，首度告诉我们部分的事实真相。”

“我记得，”约翰忆起往事，似笑非笑地点点头，“就是我们接管政府的那一天。”

“没错，那是我们遭遇初次危机的时候。现在这个则是第二次——三个星期后，便是基地创立八十周年纪念日。你不觉得这里头有深意吗？”

“你是说他还会出现？”

“我还没有说完。谢顿从未提过他是否还会出现，你了解的，但那也是他整个计划的一部分。他总是尽量不让我们预知任何细节。我们根本无法知道电脑何时会令影像再度出现，除非我们将穹窿拆开——可是如果那么做，说不定电脑会自动销毁。自从谢顿上次出现后，每年的纪念日，我都会去那里碰碰运气。他从来没有再现身，话说回来，自从那次之后，如今才再度发生真正的危机。”

“那么他会再出现。”

“可能吧，我也不知道。然而，这正是重点。你今天在市议会中，先宣布我到安纳克里昂去的消息，然后紧接着，再正式宣布谢顿的录像将在三月十四日再度出现。对于最近这个圆满解决的危机，这段录像将会传达最重要的讯息。约翰，这点非常重要。但是不管别人怎么追问，你都别再多说什么。”

约翰瞪着哈定。“他们会相信吗？”

“那倒没有关系。这样做会令他们困惑，这就是我的目的。他们会怀疑这件事的真实性，还会猜测万一是假的，我的真正意图究竟又是什么——举棋不定之下，他们会决定将行动延到三月十四日之后。那时候，我早已经回来了。”

约翰看来仍然犹豫不决。“但你所谓的‘已经圆满解决的危机’，根本是唬人嘛！”

“足以唬得他们一愣一愣的。飞航站到了！”

太空船的庞大身躯在微光中若隐若现。哈定踏着积雪走向太空船，到达气闸时又转过头来，伸出手对约翰挥了挥。

“约翰，再见。我很不想留你在油锅里受煎熬，但是除了你，我再也没有可以信赖的人。记住，千万别玩火。”

“别担心，油锅已经够热了。我会服从命令的。”约翰向后退去，气闸也关上了。

06

塞佛·哈定并未直接来到安纳克里昂星——安纳克里昂王国就是根据这颗行星命名的。直到加冕的前一天，他才抵达这个首都世界。在此之前，他飞到这个王国八个较大的恒星系，每一站都只作极短暂的停留，时间刚好足够让他会晤基地驻当地的代表。

这一趟旅行，使他深深体会到这个王国幅员的辽阔。这里曾经是银河帝国极具特色的一部分，可是与昔日帝国不可思议的广大版图相比，它只不过是一个小碎片、一颗毫不起眼的苍蝇屎。然而哈定的思考模式，一向只习惯于单一的行星，而且还是一颗人口稀疏的行星，因此安纳克里昂的幅员与人口，已经足以令他吃惊不已。

如今安纳克里昂王国的国境，与当年的安纳克里昂星郡极为接近，境内包括二十五个恒星系，其中六个拥有不只一颗住人行星。目前它的总人口数为一百九十亿，虽然与它在帝国全盛时期的数目无法相比，但由于基地的科援促进了科学发展，总人口正在急速增长中。

哈定直到现在，才真正体认到这项科援工作的艰巨。虽然花了三十年的时间，却只在首都世界建立了核电系统，王国外围仍有广大区域尚未恢复核能发电。甚至这样的小小成绩，都还是利用帝国残留下的设备拼凑而成，否则连这一点进展都不可能有。

当哈定终于抵达这个首都世界的时候，发现一切商业活动完全停摆。在外围区域，庆祝活动已经持续若干时日；而在安纳克里昂星上，处处都是预祝国王列普德成年的狂热宗教庆典，人人都热情万分地全心投入。

哈定设法找到他们的大使维瑞索夫，后者由于过分忙碌而显得愁眉苦脸、形容憔悴。他们只交谈了半个小时，维瑞索夫就被迫匆匆告退，去监督另一座灵殿的庆典。但是这半小时让哈定获益匪浅，他已经胸有成竹，准备参加当天晚上的烟火盛会。

这次哈定完全是以游客的身份出现，因为万一他的身份曝光，将必然得主导宗教性活动，而他毫无心情做那些无聊的事情。因此，当王宫大厅挤满珠光宝气的王公贵族时，他夹在其中一点也不起眼，几乎没有人注意到他，更没有人跟他打招呼。

哈定站在长串的参谒者中，在安全距离之外被引见给列普德国王，国王则独自威严地站在放射性灵光的眩目光芒中。不到一小时之后，国王将要坐在镶着宝石、装饰着黄金浮雕、由铑铱合金制成的厚重王座上，与王座一起庄严地升到半空中，再缓缓贴地飞掠到窗口，然后在王宫的窗前翱翔，让外面成千上万的百姓瞻仰，接受百姓近乎疯狂的热情欢呼。当然，若不是内部暗藏核能发动机，王座也不可能那么沉重。

这时已经十一点多了。哈定开始坐立不安，于是踮起脚尖想看得清楚一点。他甚至想站到椅子上，不过总算忍住这个冲动。终于，他看见温尼斯穿过人群向他走来，心情顿时轻松了。

温尼斯走得很慢。他几乎每走一步，就得跟一些尊贵的贵族亲切寒暄。那些贵族的祖辈都曾协助列普德的祖父僭取王位，从此子孙便永远承袭爵位。

温尼斯终于摆脱最后一位贵族，来到哈定面前。他勉强挤出几丝笑容，斑白眉毛下的黑色眼珠射出得意的光芒。

“亲爱的哈定，”他低声说，“你不肯表露自己的身份，想必一定会很无聊。”

“殿下，我并不觉得无聊。这一切都太有趣了，您也知道，端点星可没有这么隆重的庆典。”

“毋庸置疑。愿不愿意到我的书房坐坐，我们可以无拘无束地畅谈一番。”

“当然好。”

于是两人臂挽着臂上楼去了。几位公爵夫人惊讶地盯着他们的背影，怎么也想不通哈定的身份。这个衣着平凡、外表毫不起眼的陌生人，竟然受到摄政王这般的礼遇，他究竟是什么人？

进了温尼斯的书房，哈定十分轻松地坐了下来。他接过摄政王亲自斟的一杯酒，并低声表示谢意。

“哈定，这是卢奎斯酒，”温尼斯说，“是王室酒窖中的真品——珍藏了两个世纪，是宙昂叛乱之前十年所酿制的。”

“真正的王室佳酿。”哈定礼貌地附和着，“敬列普德一世，安纳克里昂之王。”

两人干杯后，温尼斯轻声补充道：“他很快就会成为银河外缘的皇帝，而接下来，又有谁能预料呢？银河总该有再统一的一天。”

“毫无疑问。是由安纳克里昂统一吗？”

“有何不可？在基地的协助下，我们的科技优于银河外缘其他世界，这是毫无疑问的。”

哈定放下空酒杯，然后说：“嗯，没错，只是，基地理当协助任何一个需要科援的国家。基于我们政府的高度理想主义，以及基地缔造者哈里·谢顿崇高的道德目标，我们绝不能偏袒任何国家。殿下，这是无法改变的原则。”

温尼斯笑得更加灿烂。“套一句当今的俗话：‘灵助自助者’。我相当了解，基地若不是受到压力，绝不可能这么合作。”

“这点我可不敢苟同。至少基地为你们修理了那艘帝国巡弋舰，虽然我们的宇航局一直希望拿来作研究之用。”

摄政王以讽刺的口吻，重复着哈定所说的话。“研究之用！是啊！若非我威胁要开战，你们是绝不肯修理的。”

哈定做了一个不以为然的手势。“这我就不知道了。”

“我知道，而且知道这种威胁永远有效。”

“现在也有效吗？”

“现在谈威胁有点太迟了。”温尼斯瞥了一眼书桌上的时钟，“哈定，听好，你以前来过安纳克里昂。当年你还年轻，你我都很年轻。即使那个时候，我们的行事方法已经迥然不同。你是所谓的和平主义者，对吧？”

“我想大概是吧。至少，我认为以武力达到目的，是一种很不划算的手段。总会有更好的替代方案，虽然有时比较不那么直接。”

“是啊，我听过你的名言：‘武力是无能者最后的手段’。但是，”摄政王故意像是不经意地抓抓耳朵，“我并不认为自己是个无能者。”

哈定礼貌地点点头，却一言不发。

“除此之外，”温尼斯继续说，“我一直信赖直接路线。我相信应该对准目标笔直地开拓道路，再沿着这条直路不偏不倚地前进。我曾经用这个方法取得许多成就，今后还打算完成更多的功业。”

“我都知道。”哈定插嘴道，“我相信您现在开拓的道路，是为了要让您和令公子直达王位。想想国王的父亲——就是您的兄长——所遭遇的不幸意外，以及当今国王欠佳的健康状况。他的确健康欠佳，对不对？”

温尼斯皱起眉头，声音变得更加严厉。“哈定，为了你自己好，我劝你最好避免某些话题。或许你以为自己是端点星的市长，就有特权可以说……唔……这种不负责任的话；假如你真的这么想，还请你及早醒悟。我可不是会被空口白话吓倒的人。我的人生哲学是只要勇敢面对难题，难题便会消失，而我从来没有逃避过任何难题。”

“这点我并不怀疑。请问此时您拒绝逃避的难题究竟是什么？”

“哈定，就是说服基地合作。你可知道，你的和平政策使你犯了几个非常严重的错误，只因为你低估了对手的勇气。并不是每个人都像你一样害怕直接行动。”

“比如说？”哈定问道。

“比如说，你单独来到安纳克里昂，并且单独跟我进入我的书房。”

哈定环顾四周。“那又有什么不对？”

“没什么，”摄政王说，“只不过屋外有五名警卫，他们全副武装，手握核铳。哈定，我不相信你走得出去。”

市长扬了扬眉。“我一时还不想走呢。您真的那么怕我？”

“我一点也不怕你。但是，这样能让你体认到我的决心。我们称之为一种姿态，如何？”

“您爱怎么称呼随便您，”哈定不在乎地说，“您怎么称呼都一样，反正我不会放在心上。”

“我确定你这种态度迟早会改变。哈定，但你还犯了另一个错误，一个更为严重的错误。端点星好像是几乎完全不设防的。”

“当然，我们需要怕谁？我们没有威胁到任何人的利益，并且一视同仁地提供科援。”

“虽然保持无武装的状态，但是另一方面，”温尼斯说，“你又慷慨地帮我们建军，特别是协助我们建立自己的舰队，一个庞大的星际舰队。事实上，自从你们将修好的帝国巡弋舰献给我们，这个舰队已经所向无敌。”

“殿下，您这是在浪费时间。”哈定作势要站起来，“假如您意图向我们宣战，而且正在知会我这个事实，请您允许我立即和我的政府联络。”

“哈定，坐下来。我并不是向你们宣战，你也根本别想通知你的政府。一度曾是帝国舰队巡弋舰的温尼斯号，现在是我国远征舰队的旗舰。这个远征舰队，由我儿子在旗舰上亲自指挥，一旦开战——哈定，是开战而不是宣战——他们立刻会对基地发动核武攻击，那时基地自然就会知道了。”

哈定皱起眉头。“什么时候会开战？”

“既然你有兴趣知道，舰队在五十分钟前，十一点整的时候，刚刚离开安纳克里昂。当他们能目视端点星的时候，就会发动第一波攻击，那应该是明天中午的事。你可以把自己当做一名战俘了。”

“殿下，我自己正是这么想的。”哈定仍然皱着眉头，“但是我很失望。”

温尼斯轻蔑地咯咯大笑。“如此而已？”

“是的。我曾经想过，在加冕典礼开始的同时——也就是午夜零时——才是舰队行动最合理的时刻。因为很明显，您希望在您摄政王任内开战。倘若这样做，应该更具戏剧性。”

摄政王瞪着对方。“太空啊，你到底在说什么？”

“您没听懂吗？”哈定轻描淡写地说道，“我把反击时刻定在午夜零时。”

温尼斯从椅子上跳起来。“你别想虚张声势吓唬我，你们不可能会反击。如果你指望其他王国的协助，死了这条心吧。他们的舰队全部加起来，也不是我们的对手。”

“这我知道，但我并不打算发射一枪一弹。我只是一周前就让人放出风声，说在今晚午夜，安纳克里昂星将实施‘教禁’。”

“教禁？”

“是的，假如您还不懂，我可以解释一下：除非我收回成命，安纳克里昂所有的教士都会开始罢工。可是如今我遭到软禁，不能跟外界联络；不过即使没被软禁，我也不打算这么做。”他上身向前倾，语气忽然变得生动起来，“殿下，您可了解，攻击基地等于是罪大恶极的亵渎行为？”

温尼斯显然在勉力恢复镇定。“哈定，别对我来这一套。这些话留着对群众说吧。”

“亲爱的温尼斯，除了群众，您认为我还会把这番话留给谁呢？我可以想象，在过去半小时中，安纳克里昂所有的灵殿都已经聚满群众，在聆听教士对这个事件的训诫。如今安纳克里昂的男女老幼，每个人都已经知道，自己的政府正在对他们的信仰中心发动邪恶而不义的攻击。现在，还差四分钟就到午夜了，您最好下楼到大厅去看看吧。既然有五名警卫在门外，不必担心我会溜走。”他又靠回椅背，并帮自己再倒了一杯卢奎斯酒，然后无动于衷地盯着天花板。

温尼斯突然怒不可遏，飞快地冲出书房。

在大厅中，所有的名士淑女都鸦雀无声，让出一条通向王座的宽敞通道。列普德坐在王座上，两手紧抓着扶手，头抬得很高，表情却僵凝着。中央的大吊灯渐渐暗下来，拱型天花板上镶嵌的无数核灯泡散发出彩色的闪光。就在此时，国王周围的绚丽灵光开始闪耀，并且上升到他的头顶，凝聚成一顶耀眼的王冠。

温尼斯停在楼梯半途。没有人看到他，所有的眼睛都注视着王座。温尼斯在那里站定，双手紧握着拳；哈定的虚言恫吓不至于让他贸然行事。

这时王座开始颤动，然后无声无息地垂直上升，接着开始飘移。王座离开了座台，缓缓飘下阶梯，在离地五公分处停下，再水平地滑向巨大的窗口。

深沉的钟声响起，代表午夜的降临。王座刚好停在窗前——国王头上的灵光消失了。

在那一瞬间，国王毫无动作，脸孔却因惊惧而扭曲；一旦失去灵光，他就变得与常人无异。接着王座摇晃了几下，便重重落在地板上，发出一声巨响，宫中所有的灯光也同时暗下来。

在嘈杂的尖叫声与一片混乱中，传来温尼斯的吼叫："拿火把来！拿火把来！"

温尼斯在拥挤的人群中左冲右撞，拼命挤到了门口。此时，宫中卫士也从外面冲进黑暗的大厅。

然后火把终于拿到大厅来了。那是原先准备在加冕典礼后，在大街小巷举行盛大的火炬游行用的。

卫士们举着火把，蜂拥进入大厅——蓝色、绿色、红色的光芒，照在一张张恐惧惶惑的脸上。

"没有大碍，"温尼斯大声喊道，"大家留在原地别动，电力马上会恢复。"

温尼斯转身，向立正站好的卫士长问道："队长，怎么回事？"

“殿下，”卫士长立即回答，“宫殿被城里的百姓包围了。”

“他们要什么？”温尼斯咆哮道。

“他们由一名教士带头，有人认出他就是教长波利·维瑞索夫。他要求立刻释放塞佛·哈定市长，并且停止对基地的战争。”卫士长以军人特有的冰冷语气回答，但他的目光却游移不定。

温尼斯叫道：“若有任何暴民妄图越过宫门，一律格杀勿论。暂时就是这样。让他们去吼吧！明天再跟他们算账。”

火把已经分发下去，大厅又重放光明。温尼斯赶紧冲向仍在窗口的王座，把惊吓得面无人色的列普德拉起来。

“跟我来。”他向窗外看了一眼，整个城市一片漆黑，下面传来群众沙哑嘈杂的吼声。放眼望去，只有右方的艾哥里德灵殿灯火辉煌。他一面暴跳如雷地咒骂，一面把国王拖走。

温尼斯一路冲回自己的书房，门口五名警卫立刻跟进来。列普德走在最后面，他瞪大眼睛，吓得一句话也说不出来。

“哈定，”温尼斯用沙哑的声音说，“你这是在玩火自焚。”

哈定市长身旁有一个手提式核灯泡，发出珍珠般的光芒。他根本不理会温尼斯，只是静静地坐着，脸上挂着一丝嘲弄的微笑。

“陛下，早安。”哈定对列普德说，“恭喜您顺利加冕。”

“哈定，”温尼斯再度吼道，“命令你的教士回去工作。”

哈定冷静地抬起头来。“温尼斯，你自己下令吧，看看我们两人到底谁在玩火。现在整个安纳克里昂，除了灵殿之外，没有任何机械在运转；除了灵殿之外，没有任何灯泡发光；除了灵殿之外，没有一滴自来水；处于冬季的半球，除了灵殿之外，连一卡的热量都没有。医院无法再接受病患，发电厂也将被迫关闭，所有的太空船都被困在地面。温尼斯，如果你不喜欢这种情况，大可自己命令教士回去工作，我可不想管。”

“哈定，我对太空发誓，我一定会下令。倘若非得摊牌不可，那就来吧。看看你的教士能不能挡住我的军队。今天晚上，这颗行星上所有的灵殿都会被军方接管。”

“很好，但是你要怎样下令呢？这颗行星上所有的通讯线路都已中断，你将发现无论电波或超波都失灵了。事实上，这个房间里的影像电话，是这颗行星上唯一还有效的通讯器材——当然，我是指灵殿以外的地方——但我已经将它设定成只能接收讯号。”

温尼斯似乎喘不过气来，哈定继续说：“如果你想试试，可以派遣军队到宫殿附近的艾哥里德灵殿，利用那里的超波通讯器和本星的其他区域联络。但如果你真那样做，派出去的军队恐怕会被暴民分尸。温尼斯，那时谁来保护这座宫殿呢？谁又来保护你们的性命呢？”

温尼斯嘶喊道：“你这魔鬼，我们能撑下去，我们一定撑得过今天。让暴民去吼吧，让电力中断吧，但我们会撑过去。等到基地被攻陷的消息传来，你那些伟大的群众就会发觉他们的宗教如何虚幻；他们将会背弃你的那些教士，并且反过来对付他们。哈定，我向你保证，你顶多得意到明天中午。你只能切断安纳克里昂的能源，却无法阻挡我的舰队。”他扯着沙哑的喉咙，耀武扬威地说：“哈定，舰队正朝着目标前进，由你下令修复的那艘巡弋舰率领。”

哈定轻松地答道：“没错，那艘巡弋舰是我下令修复的——却是照着我的意思修的。温尼斯，告诉我，你有没有听过超波中继器？喔，我看得出你没听过。好吧，大约两分钟内，你就能知道那个装置的妙用。”

此时影像电话突然亮起来，于是他改口道：“不，两秒钟内。温尼斯，坐下来好好听着。”

07

泰欧·艾波拉特是一名地位极高的安纳克里昂教士。单就辈分的考虑，他就被任命为旗舰温尼斯号上的首席随军教士。

但是除了地位与辈分的考虑之外，另一个重要原因是他十分熟悉这艘星舰。在它的修复过程中，他曾在基地圣者的直接指导下工作。根据他们的指挥，他调整发动机、重新连接影像电话的线路、翻修整个通讯系统、修补百孔千疮的舰身、补强舰体的结构。甚至当安装一个极为神圣的设备时，他也获准在旁帮忙。由于这个设备如此神圣，过去从来没有安装在任何一艘星舰上，它是专门保留给这艘伟大的星际战舰的——那就是“超波中继器”。

如今这艘神圣的星舰将用做不义之举，难怪他会感到极度痛心。维瑞索夫早已告诉过他，这艘星舰将要犯下骇人的邪恶罪行；它的炮口会转向伟大的基地，但他一直不愿意相信。基地，他年轻时就是在那里接受教士培训，而且所有的福泽都是源自基地。

可是听完舰队司令的一番话之后，他发觉事实已经不容置疑。

神圣的国王怎能允许这种邪恶的行动呢？真是国王的意思吗？

倘若不是，或许就是可恶的摄政王温尼斯假传圣旨，国王如今还被蒙在鼓里。而且，这个舰队的司令官正是温尼斯的儿子，就是他，在五分钟前告诉自己说："教士，你只要负责看顾灵魂和认真祷告，我会照顾我的星舰。"

艾波拉特露出诡异的笑容。他会看顾灵魂并且认真祷告，但他也要认真诅咒，而雷夫金王子很快就会痛哭流涕。

现在他正走进总通讯室，由手下的助理教士在前面开道。执勤的两名军官并没有拦阻他们，因为首席随军教士有权进入星舰的任何角落。

"把门关上。"艾波拉特命令道，然后看了看精密计时器。十二点差五分，他将时间算得很准。

他以迅速而熟练的动作，打开舰上所有的通讯系统。于是在这艘全长二英里的星舰上，任何一个角落都能听到他的声音、看到他的影像。

"温尼斯号旗舰上全体官兵，请注意！这是你们的首席随军教士讲话！"他知道，自己的声音会立刻在星舰各处回响——从舰尾的核炮台，到舰首的领航台。

"你们的星舰，"他喊道，"正在进行冒渎圣灵的罪行。在你们不知情的状况下，它的行动足以令你们的灵魂永远流放在冰冷的太空中！注意听！你们的指挥官，由于他心中罪恶的邪念，打算将这艘星舰驶往基地，轰炸并征服我们的万福之源。因为他的意图明显，我奉银河圣灵之名，现在解除他的指挥权。因为没有银河圣灵的庇佑，就没有指挥权的存在。甚至神圣的国王，若没有圣灵的认可，也将无法维持王位。"

他的声音越来越低沉，助理教士以虔诚的心情恭敬聆听，一旁的两名军官则越听越恐惧。"由于这艘星舰进行如此邪恶的勾当，银河圣灵的庇佑也已经消失了。”

他庄严地举起双手，在舰上近千架影像电话前，官兵们怀着畏惧的心情，紧盯着首席随军教士威严的影像。

“奉银河圣灵之名，奉先知哈里·谢顿之名，奉圣灵的仆人基地圣者之名，我诅咒这艘星舰。让它的眼睛——影像电话——全部瞎掉；让它的手臂——钩爪——通通瘫痪；让它的拳头——核炮——尽数失效；让它的心脏——发动机——停止搏动；让它的声音——通讯装置——喑哑无声；让它的呼吸器官——通风设备——奄奄一息；让它的灵魂——灯光——完全熄灭。奉银河圣灵之名，我如此诅咒这艘星舰。”

当他说完的时候，恰好是午夜十二点。在几光年外的艾哥里德灵殿，正有一只手打开超波中继器的开关。在同一瞬间，它送出的超波开启了温尼斯号旗舰上的另一个中继器。

整艘星舰完全停摆！

这就是科学性宗教最主要的特征，一切真的能够应验，艾波拉特对这艘星舰的诅咒也不例外。

艾波拉特看到一片漆黑笼罩着这艘星舰，听到远方超核能发动机柔和的转动声突然停止。他感到非常高兴，便从法衣内取出自备电源的核灯泡，使室内充满珍珠般的光芒。

他低头望向那两名军官，他们无疑是勇敢的军人，但是出于精神上的极度恐惧，两人竟然不由自主地跪下来。“上师，救救我们的灵魂吧。我们都是无辜的可怜人，对指挥官犯下的罪行毫不知情。”其中一个呜咽着说。

“跟我来！”艾波拉特以严厉的口吻说，“你的灵魂尚未沉沦。”

整艘星舰在黑暗中陷入一片混乱，恐惧感就像是摸得着也闻得到的浓浓毒气。在艾波拉特与他的光圈经过之处，随时都有官兵蜂拥而上，拉着他的法衣边缘，请求他施舍一丝一毫的慈悲。

而他的答案始终如一："跟我来！"

艾波拉特终于找到雷夫金王子，他正穿过军官寝室摸索过来，同时破口咒骂着黑暗。此时，这位司令官正恶狠狠地瞪着这位首席随军教士。

"你终于出现了！"王子的蓝眼睛来自母亲的遗传，但鹰勾鼻与斜眼标志着他是温尼斯的儿子。"你这种叛变的行为，究竟是什么意思？赶快恢复舰上的动力，我才是这里的指挥官。"

"你不再是了。"艾波拉特寒着脸说。

雷夫金狂乱地四下张望。"抓住这个人，逮捕他。不然我向太空发誓，我会把你们这些抗命者通通抓起来，剥光衣服，从气闸丢到外太空去。"他顿了顿，又尖叫道："这是你们的司令官在下令，快抓住他。"

最后，他完全丧失了理智。"你们愿意上这个骗子、这个小丑的当吗？你们何必害怕这种胡诌出来的宗教？这人是个冒牌货，他所说的银河圣灵，根本就是虚构的幌子，目的是要……"

艾波拉特愤怒地打断他的话。"拿下这个亵渎圣灵的人。听他说话，也会危及你们的灵魂。"

好几名官兵立刻一拥而上，紧紧抓住这位尊贵的司令官。

"抓好他，跟我来。"

艾波拉特转身就走，雷夫金被押在后面紧跟着，走廊里黑压压地挤满了官兵。艾波拉特回到总通讯室，立即命令将"前任指挥官"带到一台未失灵的影像电话前。

"命令舰队停止前进，准备返回安纳克里昂。"

雷夫金被打得头破血流，衣衫褴褛，也吓得有些神志不清，当然只好遵命。

“现在，”艾波拉特继续厉声道，“我们和安纳克里昂取得了超波联系，你照我的话来说。”

雷夫金做了一个不愿意的手势，立刻引来周围所有官兵一阵可怖的怒吼。

“跟着我说！”艾波拉特道，“开始：安纳克里昂舰队……”

雷夫金便开始了。

08

当雷夫金王子的影像出现在电话中时，温尼斯的书房进入绝对的沉默。摄政王看见儿子憔悴的面容与撕烂的制服，惊吓得倒抽一口气，整个人瘫在椅子上。由于惊恐与焦虑，他的脸孔整个扭曲了。

哈定双手轻握，搁在膝头，面无表情地听着影像电话传来的声音。刚刚加冕的列普德国王则蜷缩在最阴暗的角落，紧张兮兮地咬着镶金边的袖子。就连警卫也都不再板起职业军人的脸孔，他们在门边排成一列，手中握着核铳，眼睛却偷瞄着电话中的影像。

雷夫金开始讲话，疲倦的声音听来万分不情愿。他讲得断断续续，好像有人不断在提词，而且对他很不客气。

“安纳克里昂舰队……了解到这次任务的本质……拒绝成为冒渎圣地的共犯……正在返回安纳克里昂途中……对那些胆敢向万福之源的……基地和……银河圣灵……使用暴力的……冒渎神圣的罪人……发出下面的最后通牒。马上停止对信仰之源……的一切攻击……并且以我们的舰队……由首席随军教士艾波拉特代表……可以接受的方式……保证永不再有……这样的战事发生，同时……”在此有好长时间的停顿，然后才继续下去，“同时保证将曾任摄政王的温尼斯……下狱……将他所犯的罪行……交由宗教法庭审判。否则王国舰队……回到安纳克里昂之后……会将宫殿夷为平地……并会采取其他一切……必要的措施……摧毁那些威胁人民灵魂的罪人……的巢穴……”

这段话以半声哭泣作为结束，荧幕上的影像就此消失。

哈定迅速按了一下核灯泡，光线逐渐暗下来，前摄政王、国王与警卫们都变成了朦胧的黑影。直到这时，才看得出哈定周身也有灵光围绕。

它不像国王特有的灵光那样闪耀夺目，也没有那么壮观与显著，却更有效更实用。

一小时之前，温尼斯还得意洋洋地宣称哈定成了战俘，端点星则是即将被摧毁的目标。现在他却整个人瘫成一团，心灰意冷，默然不语。冲着这位温尼斯，哈定以稍带讽刺的语气说：“有一个非常古老的寓言故事，它可能和人类历史同样久远，因为已知最古老的记载，仍是抄自更为古老的版本。你可能会感兴趣，它是这么说的：

“从前有一匹马，它有一个危险而凶猛的敌人——狼，所以每天战战兢兢度日。在绝望之余，马突然想到要找一个强壮的盟友。于是它找到了人，它对人说狼也是人的大敌，提出和人结盟的建议。人毫不犹豫接受了，并说只要马能跟他合作，将快腿交给他指挥，他们可以立刻去杀掉狼。马答应了这个条件，允许人将马缰和马鞍装在它身上。于是人就骑着马去猎狼，把狼给杀死了。

“马高兴地松了一口气，它向人道谢，并说：‘现在我们的敌人死了，请你解开马缰和马鞍，还我自由吧。’

“人却纵声大笑，回答这匹马说：‘你休想！’还用马刺狠狠踢了它一下。”

室内仍是一片静寂。温尼斯的身影一动也没动。

哈定继续轻声说：“我希望你听得懂这个比喻。为了巩固政权，以便永远统治人民，四王国的国王接受了神化自己的科学性宗教。这个宗教便成了他们的马缰和马鞍，因为它把核能的源头交到教士手中——请注意，那些教士听命于我们，而不是你们。你们杀死了狼，却再也无法摆脱……”

温尼斯突然从阴影中一跃而起，双眼像是两个狰狞的深洞。他声音混浊，说话语无伦次。“反正我要干掉你，你逃不掉的，你会死在这里。让他们把这里炸平吧，让他们炸毁一切吧。你会死在这里！我要干掉你！”

“卫兵！”他神经质地狂喝道，“替我把这个恶魔射死。射死他！射死他！”

坐在椅子上的哈定转过头去，微笑着面对那些警卫。其中一人举起核铳要瞄准，却随即放下，其他人根本一动不动。在柔和的灵光中，端点星市长塞佛·哈定胸有成竹地微笑着。在他面前，安纳克里昂的一切力量都粉碎了。警卫们受不了这种莫名的压迫感，不再理会温尼斯疯狂嘶喊出的命令。

温尼斯一面语无伦次地吼叫，一面蹒跚走向身旁一名警卫。他一把夺走警卫手中的核铳，立即瞄准泰然自若的哈定，然后重重扣下扳机。

朦胧的连续光束射向哈定市长，却在碰到他周围的力场后全被吸收中和。温尼斯发出疯狂的大笑，更加用力地扣下扳机。

哈定依然面带微笑，力场吸收了核铳的能量之后，只是微微发出一点光芒。列普德仍旧畏缩在角落里，捂着眼睛不停呻吟。

接着，温尼斯发出一声绝望的喊叫，将铳口转向，再度扣下扳机——他立时倒在地上，头部被轰得一点不剩。

哈定心中一凛，喃喃地说："他真是个贯彻始终的直接路线派，这就是他最后的手段！"

09

时光穹窿中挤满了人潮；除了座无虚席之外，后面还满满站了三排。

塞佛·哈定看到这么多人，不禁想起哈里·谢顿第一次出现时的冷清场面。那是三十年前的事，当时只有六个人在场；其中五位是年老的百科全书编者——现在都作古了，另一个人就是他自己，一位年轻的傀儡市长。也就是那一天，他在约翰·李的协助下发动政变，摘除了“傀儡”这个耻辱的头衔。

如今情况完全不同了，一切都不一样了。市议会中每位成员都在等待谢顿的出现。哈定自己仍是市长，但是早已大权在握；自从令安纳克里昂溃不成军之后，他更是深得民心。当他从安纳克里昂带回温尼斯的死讯，以及跟吓坏了的列普德新签的条约时，在欢声雷动中，他赢得市议会一致通过的信任投票。接着他又一鼓作气，迅速跟另外三个王国签订了类似的条约——基地据此所获得的权力，足以永久预防类似安纳克里昂这次的侵略企图。当这些条约签订时，端点星大街小巷都挤满了参加火炬游行的人群。就连哈里·

谢顿的名字，也从来没有被人欢呼得如此响亮。

哈定撇了撇嘴。当年第一次危机过后，自己也是这么有声望。

在穹窿的另一个角落，赛夫·瑟麦克与路易斯·玻特正在进行热烈讨论，最近这些事似乎一点也没有令他们气馁。他们照样参加信任投票，并且发表演说公开承认自己的错误，还漂亮地为以前的若干不当言词致歉。他们油腔滑调地为自己辩解，说他们的行为只是遵循判断与良知——然后行动党立刻展开了新的活动。

约翰·李碰了碰哈定的袖子，若有深意地指指手表。

哈定抬起头来。“嗨，约翰。你怎么还是这么忧心忡忡？又有什么问题？”

“五分钟后他就应该出现了，对不对？”

“想必没错，上次他就是正午出现的。”

“万一他不出现怎么办？”

“你一辈子都要用自己担心的事来烦我吗？他不出现就算了。”

约翰皱着眉，缓缓摇了摇头。“万一他不出现，我们又会有麻烦。没有谢顿为我们所做的事背书，瑟麦克会毫无顾忌地卷土重来。他想要彻底兼并四王国，立即扩张基地的版图——必要时不惜采取武力。他已经开始为这个主张活动了。”

“我知道。玩火者即使会因而自焚，也非得玩火不可。而你，约翰，却一定要千方百计自寻烦恼，牺牲生命在所不惜。”

约翰正准备回答，却突然喘不过气来，因为灯光在一瞬间开始转暗。他伸出手臂，指了指占穹窿一半面积的玻璃室，随即瘫坐在椅子上，并发出一声轻叹。

看见玻璃室中出现了影像，哈定不禁把身子挺直——那是一个坐在轮椅上的人！今天来到现场的众人，只有他知道几十年前，这个影像第一次出现时的情景。那时他还年轻，影像则是个老人。如今三十年过去了，这个影像毫无变化，哈定自己却垂垂老矣。

影像凝望着正前方，双手抚弄着膝上的一本书。

它开始说话:“我是哈里·谢顿！”声音苍老而柔和。

穹窿中静得听不到呼吸声，哈里·谢顿继续流畅地说下去。“这是我第二次在此出现。当然，我不知道你们当中，是否有人第一次也在场。事实上，光凭感觉，我也无法判断现在有没有人在这里，不过这都没有关系。假如第二次危机已经安然度过，你们就一定会来这里，不可能有例外。倘若你们没有来，那就代表第二次危机不是你们所能应付的。”

他露出动人的笑容。“然而我想不至于，因为我的计算显示，在最初八十年间，本计划不产生重大偏差的几率是98.4％。

“根据我们的计算，你们现在已能控制紧邻基地的几个野蛮王国。第一次危机时，你们是利用‘势力均衡’来防止他们入侵；而第二次，你们则是利用‘形而上的力量’击败‘形而下的力量’。

“然而，我要在这里警告各位，不要过于自信。在这些录像中，我并不想让你们预知任何未来的发展，但我不妨指出，你们现在所获得的只是一个新的平衡——不过你们的处境已经比以前好得多了。‘形而上的力量’虽然足以抵挡‘形而下的力量’所发动的攻击，却不足以反过来主动出击。由于地方主义或国家主义等等阻力必然不断成长，‘形而上的力量’无法永远保持优势。我相信，我所说的只是老生常谈。

“对了，你们一定要原谅我说得这么含糊。我现在所用的语汇，顶多只是近似的叙述。但是各位都不了解心理史学的术语和符号，所以我只能尽量用普通的语言解释。

“目前，基地只是来到通往‘第二银河帝国’之路的起点。邻近的诸王国，在人力及资源方面，仍旧胜过你们无数倍。在这些王国外面，是蔓延整个银河的浑沌蛮荒丛林。而在银河的内圈，还有银河帝国的残躯——虽然不断地衰败，势力仍然强大无匹。”

说到这里，哈里·谢顿捧起书本打开来，面容转趋庄严。“你们也绝对不能忘记，八十年前，我们还建立了另一个基地；它在银河的另一端，在‘群星的尽头’。你们一刻都不能忽视它的存在。各位，在你们面前展开的，是为期九百二十年的计划。端看各位如何面对了！”

他将目光垂到书本上，随即消失无踪，室内立刻恢复原来的光亮。在随之而来的一阵嘈杂声中，约翰附在哈定耳旁说：“他没有说什么时候再回来。”

哈定答道：“我知道——但是我相信，在你我寿终正寝之前，他绝不会再回来了！”

第四篇

行 商

行商：……长久以来，行商一直是基地政治霸权的先锋部队，在银河外缘辽阔的星域间，他们不断向外扩张，通常数个月甚至数年才往返端点星一次。行商驾驶的太空船，大多是自己用旧货拼凑、修理或改装而成。他们德行不算高尚，而且个个胆大包天……

他们利用这些资源所建立的势力，比四王国的假宗教专制体制还要巩固……

这些坚强而又孤独的行商，流传下来的传说轶事不可计数。他们都半认真、半戏谑地，以哈定的一句警语当座右铭："不要让道德观阻止你做正确的事！"有关行商的传说，到底何者为真、何者为伪，如今已经难以分辨。可以确定的是，难免有夸大不实之处……

——《银河百科全书》

01

利玛·彭耶慈接到呼叫讯号的时候，全身正沾满肥皂泡沫。这证明即使在黑暗荒凉的银河外缘太空，“长距离通讯与淋浴总有不解之缘”的老生常谈一样成立。

幸好这种个体户太空商船并未被商品占满，浴室部分还算非常宽敞舒适；在二英尺乘四英尺的小空间里，备有热水淋浴设备。这里离驾驶座的控制台大约十英尺，所以彭耶慈能清楚听见收讯器“咔嗒咔嗒”的声响。

他带着肥皂泡沫和一声咆哮，快步走出来调整通话仪。三小时后，另一艘太空商船驶近并横靠在旁边。然后，一个面带微笑的年轻人，从两船之间的空气甬道中走了过来。

彭耶慈连忙把最好的一张椅子推过去，自己则坐在驾驶座的转椅上。

“戈姆，你在干什么？”他不高兴地问，“难道你从基地一路追我追到这里？”

列斯·戈姆拿出一支香烟，坚定地摇了摇头。“我？绝不可能。我只是倒霉，刚好在这个邮件寄到葛里普特四号的次日，降落到那颗行星。所以他们派我追上来，把邮件交给你。”

戈姆递给彭耶慈一个发亮的小球体，然后又说：“这是机密文件，超级机密。我想就是这个缘故，所以不能用次乙太或其他方法传递。至少，这是一个私人信囊，除了你自己，谁都打不开。”

彭耶慈望着这个小球，露出不悦的表情。“我看得出来。我也知道，这种邮件向来报忧不报喜。”

小球在他手中开启，然后薄薄的透明胶带硬邦邦地展开。彭耶慈的眼睛迅速扫过上面的文字，因为等到最后一部分出现时，前面的胶带已经变色变皱了。而在一分半钟之内，胶带全部变成黑色，并分解成无数的分子散落一地。

彭耶慈故意喃喃抱怨：“唉，银河啊！”

列斯·戈姆轻声问道：“我能帮什么忙吗？还是真的那么机密，不能告诉我？”

“告诉你也无妨，反正你是公会的一分子。我必须去阿斯康一趟。”

“去那个地方？为什么？”

“那里有一名行商遭到逮捕，可是这件事不能对别人说。”

戈姆的神情转趋愤怒。“遭到逮捕！那是违反公约的。”

“干涉内政同样违反公约。”

“哦，那家伙犯了这条罪吗？”戈姆想了想又说：“那名行商是谁？我认识他吗？”

“不！”彭耶慈以严厉的口吻回答，戈姆知道其中另有隐情，便识趣地不再追问。

彭耶慈站起来，以忧郁的眼光盯着显像板。对着形成银河主体的朦胧透镜状部分，他低声而坚定地说了几句话，随即又提高嗓门说:“真他妈的一团糟！我的销售业绩已经落后了。”

戈姆像是忽然想到什么。“嘿，老友，阿斯康是个贸易闭锁区域。”

“是啊，在阿斯康，你连一支削铅笔刀都卖不出去，他们不会购买任何核能装置。我还有那么多存货，派我去那里简直就是谋杀。”

“无法推卸吗？”

彭耶慈心不在焉地摇了摇头。“我认识那个被捕的家伙，对朋友总不能见死不救。不然怎么办？我活在银河圣灵的怀抱中，它指示我去任何地方，我都得欣然接受。”

戈姆茫然地说:“啊？”

彭耶慈望着他，干笑了一声。“我忘了。你从来没有读过《圣灵全书》吧？”

“我连听都没听过。”戈姆简单地回答。

“如果你受过宗教训练，就一定会了解。”

“宗教训练？你是说教士培训吗？”戈姆大为吃惊。

“恐怕就是如此，这是我绝不愿公开的秘密和耻辱。当初师父们认为我太难管教，就将我逐出教门，我这才有机会接受基地的普通教育。喔，我得赶紧出发了，你今年的销售业绩如何？”

戈姆捻熄香烟，再把帽子戴正。“现在只剩最后一批货，我一定能卖完。”

“幸运的家伙。”彭耶慈以沮丧的语气说。而在列斯·戈姆离去后，彭耶慈继续陷入沉思，一动不动达数分钟之久。

原来艾斯克·哥罗夫在阿斯康——而且关在牢里！

那可真糟糕！事实上，比表面的情况还糟得多。刚才，为了打发戈姆这个好奇心强烈的年轻人，彭耶慈只告诉他一点含糊的梗概，并且故意说得很轻松。可是即将面对的真实情况，却完全不是那么回事。

因为行商长艾斯克·哥罗夫其实根本不是行商，他真正的身份是基地的间谍。这件事只有少数几人知晓内情，而利玛·彭耶慈刚好是其中之一。

02

两个星期过去了，也白白浪费了！

航行到阿斯康就花了一个星期。当他抵达阿斯康最外围的边界时，警戒战舰就出现了，并且一起涌过来拦截他的太空船。不论他们用的是什么侦察系统，反正十分有效。

那些战舰缓缓挨近彭耶慈的太空船，却不发任何讯号，只是保持着安全距离，并且强迫他转向，朝阿斯康的中心太阳飞去。

其实彭耶慈轻易就能解决那些小战舰，因为它们都是当年银河帝国的陈旧遗物——而且根本不是战舰，只是高速太空游艇，并没有配备核武器，外形则是十分华丽却不堪一击的椭圆体。然而艾斯克·哥罗夫落在他们手中，他是绝对不能牺牲的重要人物。这一点，阿斯康人一定很明白。

然后又过了一个星期——在这一周内，彭耶慈花了很大的力气，拜会了许许多多的官员。这些多如牛毛的大小官吏，是阿斯康大公与外界的屏障。彭耶慈必须逐个巴结、奉承、疏通，让每一位都得到些令人想到就作呕的甜头，然后他们才肯施舍龙飞凤舞的签名，让他能接洽到更高一级的官员。

彭耶慈第一次发觉，他的行商证明文件毫无用处。

如今，终于来到最后一关，只要再跨过警卫森严的镀金滑门，他就可以见到那位大公了——而这已经是两个星期以后的事。

此时，哥罗夫仍旧是阶下囚，而彭耶慈的货物还堆在船舱里，就快开始生锈了。

大公个子矮小，头发稀疏，脸上布满皱纹。由于颈际围着巨大光润的毛皮领，身子好像被压得不能动弹。

大公向两侧做个手势，成队的武装卫士立刻退开几步，让出一条路来。彭耶慈就顺着那条通道，大步朝这位统治者走去。

“别说话。”大公先声夺人，彭耶慈只好把刚张开的嘴闭起来。

“这就对了。”这位阿斯康的统治者显得轻松了许多，“我受不了无用的废话，威胁和奉承对我也都没用，这里也不准备让任何受委屈的人喊冤。我不知道警告过你们这些浪人多少次，阿斯康任何一个角落都不需要你们那些邪门的机器。”

“大公，”彭耶慈轻声地说，“我并不打算替那位行商辩解。对于不欢迎行商的地方，我们绝对不会硬闯。只是银河实在太大了，稍有疏忽就会误入边境，这种事以前也发生过。这次的事件，只是一场令人遗憾的误会。”

“令人遗憾？的确如此。”大公尖声道，“至于是不是误会呢？在那个亵渎圣灵的恶棍被捕两小时后，你们在葛里普特四号上的人就不断请求，希望能和我交涉。他们多次提醒我，说会有人亲自前来。这似乎是个相当有计划的救援行动，很像是你们早就有预谋——这实在不像单纯的误会，姑且不论是否令人遗憾。”

阿斯康大公露出轻蔑的眼神，又急速说下去：“你们这些行商，总是像疯狂的小蝴蝶那样，从一个世界飞到另一个世界。甚至疯狂到以为能任意降落在这个星系的中心、阿斯康的最大世界，还狡辩说是不小心误入边境。得了吧，当然不是那么回事。”

彭耶慈心头一凛，但是并没表现出来。他仍旧顽固地说：“如果他故意试图在此进行贸易，大公，那他就太不聪明了，而且也违反了我们公会的严格规定。”

“不聪明，没错。”阿斯康大公随口说道，“所以，你的同伴极可能付出生命作为代价。”

彭耶慈感到胃部抽搐了一下，看来对方绝非优柔寡断之辈。他只好说：“大公，死亡是绝对无法挽回的憾事，一定有别的替代方案吧？”

停顿一会儿之后，大公才慎重地答道：“听说基地很富裕。”

“富裕？的确如此。但我们的财富都是你们不要的，我们的核能货品价值……”

“你们的货品没有祖先的祝福，根本一文不值。那些货品都是我们祖先所禁止的，所以不但邪恶，而且受到诅咒。”这句话充满抑扬顿挫，分明是打过腹稿的。

大公垂下眼睑，又意味深长地问：“你们就没有别的值钱东西？”

这位行商却会不过意来。“我不明白，您到底想要什么？”

阿斯康大公摊开双手说：“你是在要求我和你主客易位，自己告诉你我想要什么，我可不打算这么做。你的伙伴，照阿斯康的法规，似乎要以冒渎神圣罪来惩治，也就是以毒气处死。我们绝对公正，任何人犯了这条罪，处罚都是一样的。不会由于他是穷困的农夫而加重，也不会因为我是大公而减轻。”

彭耶慈无奈地轻声问：“大公，您能允许我和犯人见一面吗？”

大公冷冷地回答道："根据阿斯康的律法，死刑犯不准和他人有所接触。"

彭耶慈心中紧张到了极点。"大公，我请求您，当他的肉体面临死亡之际，对他的灵魂施舍一点慈悲吧。在他的生命受到威胁这段期间，从来没有得到精神上的慰藉。如今，他甚至要在毫无心理准备的情况下，就要回到主宰一切的圣灵怀中。"

大公以怀疑的语气缓缓问道："你是个'灵魂守护者'吗？"

彭耶慈谦卑地低下头去。"我的确受过这样的训练。在浩淼虚空的太空中流浪的行商们，他们将一生投注于商业和世俗的追求，所以需要有我们这种人，来照顾他们的性灵生活。"

阿斯康的统治者咬着下唇沉思了一会儿。"在灵魂归于祖灵怀抱之前，人人都应该做好准备。只是我怎么也想不到，你们这些行商居然也这么虔诚。"

03

当利玛·彭耶慈从厚重的牢门进来时，躺在床上的艾斯克·哥罗夫立刻惊醒，并睁开一只眼睛。接着牢门重新关上，发出一声轰然巨响，此时哥罗夫已经站了起来。

“彭耶慈！是他们派你来的？”

“纯粹是偶然，”彭耶慈以苦涩的口吻说，“或者是我自己身上的恶魔在作祟。第一，你在阿斯康惹了麻烦；第二，贸易局知道我的经商路线，而你出事的时候，我正在离此地五十秒差距的星系；第三，贸易局也知道我们以前曾经共事。光是这一点，我就无法推卸责任，对不对？由这几点看来，答案就呼之欲出了。”

“小心点，”哥罗夫紧张地说，“隔墙有耳。你有没有带电磁场扭曲器？”

彭耶慈指了指戴在腕上的手镯，哥罗夫这才放心。

然后彭耶慈环顾四周。这个单人牢房虽然没有什么家具，但是非常宽敞，而且照明设备充足，也没有令人不快的气味。所以他说：“不错嘛，他们对你相当友善。”

哥罗夫不理会，只是问道："听着，你是怎么进来的？我被关禁闭快有两个星期了。"

"那就是自从我来到这里以后，嗯？这没什么，我只是摸到了大公那个老家伙的弱点，他听得进去虔诚的言语。我试着从这方面下手，结果就成功了。所以，我现在的身份是你的灵魂守护者。像他这种所谓虔诚的人都有一个共同点：为了自己的利益，他会毫不犹豫地割断你的喉咙，但是，他却不敢危害你那不切实际、虚无飘渺的灵魂。这不过是经验心理学的常识罢了。身为一名行商，无论什么学问都得懂一点。"

哥罗夫露出挖苦的微笑。"此外，你还在灵学院待过。你实在不错，彭耶慈，我很高兴他们派你来。可是那个大公绝对不会单单关心我的灵魂，他提到赎金问题没有？"

彭耶慈眯起了双眼。"他暗示过——不过很技巧，他还威胁说要用毒气处死你。我小心翼翼避开这个问题，因为很可能是个陷阱。所以你认为这是勒索吗？他到底要什么？"

"黄金。"

"黄金！"彭耶慈皱起眉头，"他要这种金属？为什么？"

"那是他们的交易媒介。"

"是吗？我要到哪里去找黄金呢？"

"到你能去的任何地方。注意听我说，这点最要紧，只要让大公闻到黄金的味道，我就一定能毫发无伤。不管他要多少，都请你答应他。必要的话，请你回基地去拿。在我获释之后，他们会护送我们离开这个星系，然后我们就分手。"

彭耶慈不以为然地盯着对方。"然后你要回来再试一次？"

"我的任务就是要把核能用品推销给阿斯康人。"

"你折返不到一个秒差距，就会再度被捕，我想你应该心里有数。”

“我没有数。”哥罗夫说，“即使我真的心里有数，也不会有任何不同。”

“第二次你就死定了。”

哥罗夫只是耸耸肩。

彭耶慈又轻声说：“如果我得跟那个大公再度谈判，我要了解整件事的来龙去脉。目前为止，我好像瞎子摸象一样。只说了几句温和委婉的话，就令大公大为光火。”

“事情很简单，”哥罗夫说，“为了增进基地在银河外缘的安全，唯一的办法就是建立由宗教控制的商业帝国。我们仍然无力强制实施政治控制。也只有仰赖这个办法，我们才能控制四王国。”

彭耶慈点点头。“这点我了解。同时我也知道，不肯接受核能装置的星系，就绝不会在我们的宗教控制之下……”

“对，因此会成为引发独立和敌对的焦点。”

“好吧，那我知道了。”彭耶慈说，“理论上的讨论到此为止。现在请告诉我，究竟是什么在阻挡我们的买卖？是宗教吗？大公也曾经稍加暗示。”

“那是一种祖先崇拜。根据他们的传说，在过去有个邪恶的世代，是一群良善而德行崇高的英雄祖先救了他们。这种传说是对上个世纪无政府状态的曲解，而帝国的军队就是那时被赶走的，独立的政府也是那时所建立的。因此他们总是将先进的科学，尤其是核能，和记忆中恐怖的帝政混为一谈。”

“是这样的吗？可是他们有精良的小型太空船，我在两秒差距之外，就被他们轻而易举盯上了。我觉得那些太空船好像有核动力。”

哥罗夫耸耸肩。“那些太空船无疑是帝国时代的遗物，的确可能具有核能发动机。原有的东西，他们都乐于接收。问题是他们不想革新，因而内部的经济体系是完全非核的。那正是我们需要改变的状况。”

“你打算怎么办？”

“在关键点上一举突破。简单举个例子，假如我能把配备力场刀锋的削铅笔刀卖给一位贵族，他就会试图修改法律，让他自己能够合法使用。说得露骨一点，也许听来很蠢，但在心理学上是合理的：只要在战略性的地点，实施战略性的销售，就能在宫廷里建立起拥核的派系。”

“他们派你来，原来是为了这个目的。我是专程来这里赎你的，等我离开后，难道你还要继续一试再试？这样不是本末倒置吗？”

“怎么说呢？”哥罗夫谨慎地问。

“我告诉你，”彭耶慈突然生起气来，“你是一名外交官，并不是行商，你假扮行商也一点都不像。这件任务该由货真价实的行商来进行——我的船上还满载着快要生锈的货物，而且看起来，我的销售业绩将无法达成。”

“你的意思是说，你愿意为一件与你无关的事冒生命危险？”哥罗夫笑了笑。

彭耶慈答道：“而你的意思是说，行商都没有爱国心，不会有这种爱国行为？”

“行商是出了名的不爱国，所有的拓荒者都一样。”

“好吧，我承认这一点。我并不是为了拯救基地或类似目的，才在太空中忙碌奔波。我跑码头只是为了赚钱，而这个机会十分难得。如果同时又能帮基地一个忙，那岂不是一举两得？即使是一点点的机会，我都曾经用生命下过注。”

彭耶慈站了起来。哥罗夫也跟着站起来，问道：“你打算怎么办？”

彭耶慈微微一笑。“哥罗夫，其实我也不知道——现在还不知道。不过既然问题的关键是做生意，那么我就是最佳人选。我一向不喜欢自夸，但有件事我可以大言不惭，那就是我每次都能把存货卖完。”

他敲敲门，厚重的牢门立时打开，两名警卫随即走到他身边。

04

“一场表演！”大公绷着脸说。他整个身子藏在毛裘中，枯瘦的手抓着一根充作拐杖的铁棒。

“并呈献黄金，大公。”

“并呈献黄金。”大公漫不经心地附和。

彭耶慈将带来的箱子放下并打开，尽可能表现得信心十足。由于周围充满敌意，令他感到孤独无助，就像他第一年闯荡太空的那种感觉。蓄着胡子的顾问官们围坐成半圆形，都以不友善的眼光瞪着他。其中最显眼的一位，是坐在大公身旁、深受宠信的法尔，他的脸庞瘦削，脸上露出强烈的敌意。彭耶慈曾经见过他一次，当时就把他列为首要敌人，也因此是头号猎物。

大厅外面，则有一小队军队正在待命。如今，彭耶慈与自己的太空船完全隔离，除了计划好的行贿之外，他什么武器也没有，而哥罗夫仍然是他们的人质。

他带来的这个既简陋又怪异的装置，是他花了一周心血做成的。现在他正在作最后的调整，然后他再度祷告，祈望里面的铅衬石英耐得住形变。

“这是什么？”大公问。

彭耶慈一面后退一面说：“这是我自己制造的一个小装置。”

“这点显而易见，但我想知道的不是这个。我是问你，这是不是你们那个世界的妖术道具之一？”

“它的确使用核能，”彭耶慈以严肃的口吻承认，“不过你们任何人都不必接触它，也不必跟它产生任何瓜葛。全程都由我操作，若有什么不祥，就让我一个人自作自受。”

大公如临大敌般挥舞着手上的铁棒，嘴里还念念有词，好像在念诵着祛除不祥的咒语。右边那位瘦削的顾问官法尔探身靠向大公，他的红髭险些刺到大公的耳朵。大公露出厌恶的表情，耸耸肩将他甩开。

“这个邪恶的东西，和能解救你们那位同胞的黄金有什么关系？”

“利用这台机器，”彭耶慈开始解释，同时将手轻轻放在箱子上，抚摸着圆形的侧壁，“我能将您扔进来的铁块，变为成色最好的黄金。人世间只有这种装置，能够让铁——卑贱的铁，大公，就像支撑大公椅子的椅脚，或支撑这座建筑的铁柱——放进去之后，变成闪闪发光、沉甸甸、黄澄澄的纯金。”

彭耶慈觉得自己简直词不达意。平常推销商品，他一向口齿伶俐、能言善道，此刻却笨嘴笨舌，好像中弹的太空货船一样摇摇欲坠。幸亏大公关心的不是他说话的方式，而只是他所说的内容。

“哦？那么这是点金术吗？从前有些愚人自称有这种能力，但是因为冒渎神圣，结果自取其咎。”

“他们有没有成功？”

“没有。”大公显得很幸灾乐祸，“人力制造黄金是一种罪过，本身就带着失败的种籽。这种尝试加上不可避免的失败，就会召来杀身之祸。好，就用我这根试试吧。”他用那根铁棒敲敲地面。

“大公请原谅，我做的这个装置是小型的，您的铁棒实在太长了。”

大公闪烁的小眼睛巡视了一下便停下来。“蓝达，把你的皮带扣给我。快点，如果弄坏了，我会加倍补偿你。”

皮带扣从众人手中传了过来，交给了大公，大公细心地掂了掂它的重量。

“拿去。”说完他就把皮带扣扔到地板上。

彭耶慈捡起皮带扣，用力拉开圆筒，眯起眼睛，仔细将皮带扣放在阳极屏的正中央。以后操作起来一定会更容易，但是第一次绝对不能失败。

那台机器随即发出“噼里啪啦”的刺耳声响，足足持续了十分钟之久，并且飘出少许难闻的臭味。群臣赶紧向后退去，大家都在喃喃抱怨，法尔则又在大公耳旁拼命嘀咕。大公却一直面无表情，而且一动不动。

不久，皮带扣的质地由铁变成了黄金。

彭耶慈把金质皮带扣捧到大公面前，低声说：“大公请看！”但是大公犹豫了一下，然后做手势要他拿开，目光则一直停留在那个转化装置上。

彭耶慈迅速说道：“各位，这是纯金，百分之百的黄金。如果各位想要证明，可以用任何一种物理或化学方法来检验。从每个角度来看，它都和天然黄金无法区分。所有的铁都能如法炮制，即使生锈也没有关系，掺杂了少量其他金属也无妨……”

彭耶慈说这一串话，只是为了打破沉默。他一直摊开手掌展示着皮带扣，只有这个金皮带扣能证明一切。

当大公终于缓缓伸出手时，瘦脸的法尔气急败坏地进言：“大公，这金块的来源不干净。”

彭耶慈立刻反驳道：“大公，烂泥巴里也能长出美丽的玫瑰。您从邻邦买来各式各样的物品，也从来不会过问它们的来源——到底是由列祖列宗祝福过的传统机器生产的，还是什么邪异古怪的仪器制造的。别怕，我并非要将机器送给您，只是献上这块黄金。”

“大公，”法尔说，“对于没有得到您的允许、背着您制造罪恶的异邦人，您不必为他们的罪行负责。可是，这个邪异的冒牌金块是经过您的同意、当着您的面用铁做出来的，假如大公接受了，就是对祖先圣灵的大不敬。”

“但黄金就是黄金，”大公以犹疑的口吻说，“同时，这是用来交换一个犯了重罪的异教徒。法尔，你太吹毛求疵了。”然而大公还是把手缩了回来。

彭耶慈说：“大公是聪明人，请您好好考虑——放走一个异教徒，对祖先不会造成任何损失，另一方面，换来的黄金可以好好装饰祭祀圣灵的宗祠。而且，即使黄金本身真是邪恶的，但是用在这么虔敬的用途上，它的邪恶也就自然而然消失了。”

“奉我祖父遗骨之名，”大公显然相当热衷，发出了尖锐的哈哈笑声，“法尔，你觉得这个年轻人怎么样？他的话很有道理，和我的祖先所说的一样有道理。”

法尔以沮丧的声音答道：“似乎是这样，只要这个道理不为‘邪灵’利用就好。”

“我有办法让你们更安心。”彭耶慈突然说，“请把这块黄金拿去，当作祭品供在你们祖先的圣坛上，同时把我扣留三十天。如果三十天之后，没有任何不祥——没有任何灾厄发生，当然，那就表示祭品被接纳了，还有什么比这更好的办法呢？”

大公站起来，想看看有没有不赞成的人，结果群臣当然一致同意。就连法尔也咬着凌乱的髭角，勉强点了点头。

彭耶慈微微一笑，心中感谢着宗教教育的妙用。

05

又等了一个星期，彭耶慈才获得法尔的接见。他虽然觉得紧张，但已经习惯了这种孤独无助的感觉。而从离开城市开始，直到进入法尔的郊区别墅，一路上都有警卫监视。他根本无法抗议或拒绝，只有顺其自然接受如此的安排。

当法尔不在“元老”群中的时候，反而显得更高大、更年轻。而且由于穿着便服，他今天根本不像一名元老。

法尔突然开口说：“你是一个怪人。”他那一对靠得很近的眼睛，这时似乎正在颤抖。“过去一个星期，特别是这两个小时，你什么都没做，只在暗示说我需要黄金。这简直是多此一举，谁不需要呢？你为何不进一步表明来意？”

“不只黄金而已。”彭耶慈慎重地说，“不单单只是黄金，也不是一两个金币，应该说是黄金背后的一切比较恰当。”

“黄金背后还有什么呢？”法尔追问，还露出一个诡异的笑容，“显然，你并非准备再作一场笨拙的示范。”

“笨拙？”彭耶慈微微皱起眉头。

“嗯，当然。”法尔用下巴轻触着交握的双手，“我不是在挑剔，我能肯定笨拙也是你故意的。那天我如果确定你的用意，可能就会向大公提出警告。假使换成我，我会在太空船上制造黄金，然后直接拿黄金来奉献。这样，就不会因为那场表演而引起敌意。”

“你说得对，”彭耶慈承认，“但我有我的做法。我是为了引起你的注意，才甘冒招惹敌意的危险。”

“真的吗？就这么简单？”法尔毫不掩饰他的幸灾乐祸，“我认为你提议的三十天观察期，大概是为了争取时间，好将我的注意转化为更实在一点的东西。可是，假如有人发现黄金不纯，你要怎么办？”

彭耶慈忍不住要了个黑色幽默：“最希望黄金纯正的人，会给出这个判断吗？”

法尔抬起头，眯起眼睛看着这个行商，似乎显得又惊又喜。

“说得有道理。现在请告诉我，你为什么要引起我的注意。”

“遵命。我到此地不久之后，就发现几件与你有关，而且对我有利的事。比如说你很年轻——尤其是身为顾问官的一员，你甚至出身于一个新兴的家族。”

“你在批评我的家族？”

“绝对没有，你的祖先既伟大又神圣，任何人都不会否认。但是，却有人说你并不属于‘五大部族’。”

法尔仰靠在椅背上。“关于这些问题，”他并未掩饰心中的恨意，“五大部族已经没落了，就像一个风烛残年、油尽灯枯的老人。如今五大部族的后裔，总共还不到五十人。”

“话虽如此，还是有人说不喜欢让五大部族以外的人担任大公。你那么年轻，又是最受大公宠信的新贵，一定会招来许多强有力的敌人——这也是我听来的。大公已经老了，他一旦去世，就不能再保护你。等到那天来临，必定是你的政敌之一来解释他的‘灵言’。”

法尔露出不悦的神色。“你这个异邦人听到的太多了，这种耳朵应该割掉。”

“这点可以稍后再决定。”

“让我猜猜看，”法尔坐立不安，显得很没有耐心，“你想建议我，利用你的太空船上那些邪恶的小机器，为我自己带来财富和权力，对不对？”

“就算是吧。你为什么要反对？只是根据你的善恶标准吗？”

法尔摇摇头。“绝对不是。听好，异邦人，根据你们异教徒的不可知论，你们对我们的看法或许如此——但是，我并非完全受制于我们的传统神话，虽然表面上或许如此。我是受过教育的人，我的眼睛是雪亮的，至少我希望是这样。我们的一切宗教习俗和仪典，都是形式胜于实质的，因为那是大众的宗教。”

“那么，你反对的是什么呢？”彭耶慈以温和的口气追问。

“就是这一点，就是群众的态度。我个人倒是很愿意和你打交道，但是你那些小机器必须能用才行，否则我又怎能致富呢？如果我——你到底要卖给我什么——比如说剃刀吧，如果我只能偷偷摸摸、战战兢兢地使用，即使我刮胡子能够更便利、更干净，我又怎么能借此发大财？此外，如果被人发现我使用这种剃刀，又如何能避免被抓进毒气室，或是被暴民吓死？”

彭耶慈耸耸肩。“你说得不错。我认为解决之道，就是要重新教育你们的人民，让大家都习惯使用核能用品；这是为了他们自身的方便，也是为了你的实际利益。虽然这是一项艰巨的任务，这点我不否认，但是利润相当大。而且这和你现在有切身关系，却不干我什么事，因为我要卖给你的，可不是剃刀或水果刀，也不是垃圾处理器。”

“那你要卖给我什么？”

“黄金，直接卖给你黄金。我可以将上周展示的那台机器卖给你。”

法尔立时全身僵硬，前额的皮肤抽动起来。“那个金属转化装置？”

“没错。有了它，你有多少铁，就能有多少黄金。有了这些黄金，我相信足够应付一切的需要。当然也包括大公的地位，什么年轻、什么政敌，都不再是问题了。而且，这非常安全。”

“怎么做呢？”

“当然要绝对秘密地使用，正如你刚才说的，绝对秘密才是使用核能用品的唯一安全策略。你得到那台机器之后，最好把它埋在你最远的领地上、最牢固的城堡中、最深的地牢里，这样你很快就能变成大富翁。请记住，你现在要买的不是机器，而是黄金。而且，这些黄金绝对看不出是制造出来的，因为它们和天然黄金毫无两样。”

“那么谁来操作机器呢？”

“你自己，只需要五分钟，你就能学会如何操作。等你决定之后，我随时可以替你安装。”

“你要什么代价呢？”

“嗯，”彭耶慈变得谨慎起来，“我会狮子大开口，因为我是靠这个吃饭的。那台机器相当贵重，所以我想——我要一立方英尺的黄金，用等值的锻铁来支付。”

法尔哈哈大笑，彭耶慈则涨红了脸。“大人，我再提醒你一次，”他以平板的声音补充道，“你在两小时之内，就能将本钱捞回来。”

“你说得对。但是一小时内，你就可能消失无踪，而我的机器也许就突然失灵，我需要一点保证。”

“我向你保证。”

“很好，”法尔嘲弄似地弯腰一鞠躬，“但是如果你留下来，那就是更好的保证了。我也向你保证，如果一周后，机器运转仍然正常，我一定马上付钱。”

“不可能。”

“不可能？你向我推销任何东西，都足以使你被判死刑。如果你不答应，唯一的下场，就是明天便被送进毒气室。”

彭耶慈面无表情，眼睛却似乎闪烁着兴奋的光芒。他说：“这样会让你占尽便宜，太不公平了。你至少要写个书面保证给我。”

“好让我也有机会被判死刑？不，你休想！”法尔露出十分满意的微笑，“你休想！我们两人之中只有一个笨蛋而已。”

行商彭耶慈低声说：“那么，只好这样了。”

06

哥罗夫终于在第三十天被释放了，赎金是五百磅成色最纯的黄金。遭扣押的太空船与他同时获释，由于阿斯康人认为它是邪恶的，所以始终没有碰它。

然后，与彭耶慈之前进入阿斯康星系一样，众多小型战舰编成整齐的圆筒状队形，引领彭耶慈与哥罗夫离开这个星系。

当哥罗夫清晰而微弱的声音经由高传真乙太波束传来时，彭耶慈正望着哥罗夫的太空船，它在阳光照耀下形成一个模糊的小亮点。

哥罗夫说："彭耶慈，但这并不是我们想要的，一台金属转化装置不可能达成目标。不过，那台机器是从哪里弄来的？"

"不是弄来的，"彭耶慈耐心地答道，"是我用船上的辐射烹饪炉改装的。其实，它并没有实用价值。由于耗费的能量太大，它不能用于大量生产。否则基地不会为了寻找重金属，而派人在银河中到处奔波。这是每个行商都会玩的把戏，不过我相信，点铁成金这一招还是我首创的。这能使对方留下深刻的印象，而且非常成功——虽然只是非常暂时性的。"

“好吧，可是那种把戏并不太高明。”

“至少把你从那个鬼地方救出来了。”

“问题根本不在这里。尤其是，一旦摆脱了这些强行护送的战舰，我一定还要回去。”

“为什么？”

“你曾经向那个政客解释过。”哥罗夫的声音听来有些不安，“你的整个推销重点，是基于转化装置只是一种手段，它本身并没有任何价值。他买的其实是黄金，而不是机器。以心理学的观点来看，这一招很不错，因为它成功了，但是——”

“但是什么？”彭耶慈故作不解，以温和的口气追问。

收讯器中的声音转趋尖锐。“但是我们要卖的机器，应该是本身就有价值，而且是他们想要公开使用的。这才能迫使他们为了自身的利益，而不得不引进核能科技。”

“这点我完全了解，”彭耶慈轻声答道，“你以前向我解释过。但是，请你想想我所销售的东西将造成的结果。只要法尔拥有转化装置，他就可以不断制造黄金，维持到足以让他赢得下次的选举。现任的大公已经来日无多了。”

“你指望他会感激吗？”哥罗夫冷淡地问。

“不——我指望的，是他为自己所作的高明打算。转化装置能帮他赢得选举，然后别的机器就……”

“不，不！你把前提弄拧了。他信赖的不是转化装置——而是黄金，亘古不变的黄金，我要你搞清楚的是这一点。”

彭耶慈咧嘴一笑，并换了一个比较舒服的姿势。好了，他想，哥罗夫这个可怜的家伙，已经被逗弄得差不多了。看来再不告诉他真相，他可就要发狂了。

于是行商彭耶慈说：“别着急，哥罗夫，我的话还没说完。其实，这次我还动用了一些其他的装置。”

沉默了一会儿之后，哥罗夫小心翼翼地问：“什么其他的装置？”

彭耶慈不自觉地打着徒劳无功的手势。“你看到那些护送我们的战舰了吗？”

“看到了，”哥罗夫不耐烦地说，“你还是直截了当告诉我吧。”

“我会的——你别插嘴。现在护送我们的，是法尔的私人舰队。这是大公给他的殊荣，法尔花了很大力气才争取到的。”

“所以呢？”

“你以为他要带我们到哪里去？我们要去的地方，是他在阿斯康外围的私人矿区。你听我说！”彭耶慈突然变得急躁起来，“我告诉过你，我这么做只是为了赚钱，并不是想要拯救银河系各个世界。没错，我把转化装置卖给他，除了被送进毒气室的危险，其他什么也没得到，而且这东西还不能算是我的业绩。”

“彭耶慈，你再说说那个私人矿区吧，那跟这件事又有什么关系？”

“那就是我们的报酬。哥罗夫，我们要去那里采锡。我要把我的太空船里每一立方英尺都填满，然后你的太空船也要尽量装。我和法尔下去采集，老朋友，你就在上面利用所有的武器替我掩护——这是为了防范法尔突然食言。那些锡就是他给我的报酬。”

“用来交换那个转化装置？”

“用来交换我的太空船中所有的核能用品，每一样都以双倍价钱卖给他，再加上红利。”他耸了耸肩，像是在为自己辩解，“我承认狠狠敲了他一笔，但是我必须达成销售业绩，对不对？”

哥罗夫显然摸不着头脑，他有气无力地说：“能不能解释给我听？”

“哪里还需要解释？这是件很明显的事。哥罗夫，听好，那家伙自作聪明，以为他可以高枕无忧吃定我，因为大公很听他的话，却绝对不会相信我。他收下转化装置，这在阿斯康是要处以极刑的。但是他随时可以辩称，他那样做是出于爱国的动机，是故意要诱我入瓮，准备借此指控我销售违禁物品。”

“这点的确很明显。”

“当然，但是空口总是无凭。你可知道，法尔从来不晓得有微缩影片记录仪这种东西。”

哥罗夫突然忍不住笑了起来。

“你想到了。”彭耶慈说，“看起来他占尽上风，我吃了大亏。但是我低声下气帮他安装转化装置时，偷偷在里面藏了一台记录仪，第二天来做检查时才取走。记录仪把他在那个最秘密的场所，所有的一举一动都详细录了下来。可怜的法尔，他使尽吃奶的力气，好像要把那台机器榨干才满意。当他看见第一块黄金时，就像生了金蛋的老母鸡一样，高兴得咯咯乱叫。”

“你把录像放给他看了吗？”

“那是两天以后的事。那个可怜的蠢蛋从未见过立体彩色有声影像，他说他不迷信，但是我这一辈子，还从来没见过一个成年人那么害怕。我又告诉他，说我已经在市中心广场安装了一台记录仪，准备让阿斯康的百万群众在大白天欣赏这一幕，然后他一定会被碎尸万段。他听了我的话，半秒钟内就吓得双膝落地，抱着我的脚拼命求饶，说他愿意答应我的任何要求。”

“你真的那么做了吗？”哥罗夫努力忍住笑意，“我是说，在市中心广场安装记录仪？”

“没有，但这并不重要。他已经和我成交了，用锡交换你我所带来的一切货物，只要我们装得下，爱拿他多少锡就拿多少。那个时候，他简直相信我无所不能。我们的协议写成了书面合约，在我和他下去之前，我会传给你一份，这也是预防万一的做法。”

“但是你已经伤了他的自尊心。”哥罗夫说，“他还会使用那些装置吗？”

“他有不用的道理吗？那是他弥补损失的唯一办法，而且如果能够赚一笔钱，自尊心也能得到补偿。此外，他还会因此成为下一届的大公——对我们而言，他是最恰当的人选。”

“没错，”哥罗夫说，“的确是笔好买卖。但不管怎么说，你的推销术都有点邪门。难怪你会被踢出灵学院，你难道没有一点道德观念吗？”

“那又怎样？”彭耶慈满不在乎地说，“你总该知道塞佛·哈定对道德的评价吧。”

第五篇

商业王侯

行商：……基于心理史学的必然性，基地的经济支配力量越来越强。行商越来越富有，权力亦随之而来……

人们有时不太记得侯伯·马洛原本只是一位平凡的行商，却永远忘不了他后来成为第一位商业王侯……

——《银河百科全书》

01

乔兰·瑟特把修剪得整齐漂亮的指尖并在一起，然后说："这可以说是一个谜。事实上——这是绝对机密——它有可能是另一个谢顿危机。"

坐在瑟特对面那个人，从司密尔诺式短上衣的口袋掏出一根香烟。"这我就不知道了，瑟特。每次市长选举时，政客们都会大声疾呼'谢顿危机'，这几乎已经是惯例了。"

瑟特露出一丝微笑。"马洛，我不是在竞选。我们现在面临核武器的威胁，却不知道那些武器来自何方。"

司密尔诺出身的行商长侯伯·马洛静静抽着烟，几乎漠不关心。"继续啊，如果你还有话要说，就一吐为快吧。"马洛对基地人一向不会过分客气。纵然他是个异邦人，却从不认为自己比道地的基地公民矮了一截。

瑟特指指桌上的三维星图，调整了一下控制钮，就有一团红色光芒出现，它们代表六七个恒星系。

"那里，"他轻声说，"就是科瑞尔共和国。"

行商马洛点点头。“我去过那里，简直是个臭老鼠窝！你虽然可以称之为共和国，但是每次当选‘领袖’的，都是艾哥家族的人。任何人如果有异议，就会惹祸上身。”他又撇着嘴再度强调：“我去过那里。”

“但是你回来了，并不是每个人都能那样幸运。去年有三艘太空商船，虽然受到公约的保护，却在那个共和国境内无缘无故失踪。而且那些太空船上，都照例配备有核弹和力场防护罩。”

“那些太空商船在最后一次通讯中，有没有说些什么？”

“只是例行报告，没有什么别的。”

“科瑞尔怎么说？”

瑟特的眼睛闪现出嘲弄的神色。“这是没法问的，基地立足银河外缘的最大资本就是威名。你以为我们丢了三艘船之后，还能向对方打听它们的下落吗？”

“好吧，那么你告诉我，你到底要我做什么呢？”

瑟特从来不会为了无谓的麻烦浪费时间。身为市长的机要秘书，无论是反对党的议员、求职者、改革家，或自称完全解出谢顿计划中未来历史轨迹的狂人，他都一一应付过。有了这些实战经验，他很难再碰到手足无措的情况。

因此，他有条不紊地说：“我马上就会告诉你。要知道，一年内，有三艘太空船在同一个星区失踪，这绝不可能是意外。而且，想要打败核武船舰，只有更强大的核能武器才做得到。于是问题来了，如果科瑞尔拥有核武，它究竟是从哪里弄来的？”

“从哪里？”

“这有两种可能。第一，是科瑞尔人自己制造的……”

“太不可能了！”

“没错！但是，另一个可能就是我们内部出了叛徒。”

“你真的这么想吗？”马洛的声音很冷漠。

市长机要秘书平静地说：“这个可能性绝对存在。自从四王国接受‘基地公约’之后，我们就面临四王国内众多异议人士的威胁。在这些解体的王国中，原本有许多觊觎王位的人，以及既得利益的贵族阶级，他们不可能心甘情愿效忠基地，也许其中有些人已经开始活动。”

马洛有点不高兴。“我知道了。你到底要告诉我什么？请注意我是司密尔诺人。”

“我知道你是司密尔诺人——你生于司密尔诺，它是当年的四王国之一。你只是在基地受教育而已，以你的出身来说，你是一个异邦人。在你们和安纳克里昂以及洛瑞斯王国交战之际，你的祖父还是一位男爵；而当赛夫·瑟麦克实施土地改革时，你们的家族领地就全被没收了。”

“不对，太空啊，大错特错！我的祖父出身卑微，他是‘太空族’的后裔，是一个赤贫的矿工，一生仅靠挖煤糊口。在基地接管司密尔诺之前他早已去世，我并未受到以前那个政权的任何荫庇。但我的确生于司密尔诺，银河在上，我并不会因此自卑。你狡猾地暗示我是叛徒，这可吓不倒我，我不会因此对基地卑躬屈膝地讨饶。现在你可以命令我，也可以指控我，反正我都不在乎。”

“我的好行商长，你的祖父究竟是司密尔诺国王，还是那颗行星上的头号乞丐，我连半点也不关心。我之所以不厌其烦地提到你的出身和祖先，只是向你表示我对这些毫无兴趣。显然你是会错意了，让我们从头再来一次吧。你是司密尔诺人，你了解异邦人的情形，同时你是一名行商，而且是其中的佼佼者。你到过科瑞尔，也了解科瑞尔人，所以你要再跑一趟。”

马洛深深吸了一口气。“要我去当间谍？”

“绝对不是。你仍然以行商身份前去——只是眼睛要放亮一点，希望你能找到他们的核能来源。既然你是司密尔诺人，我也许应该提醒你，在失踪的三艘商船中，其中两艘都有司密尔诺船员。”

“我什么时候出发？”

“你的太空船什么时候能准备好？”

“六天内。”

“那么你就六天之后出发，一切详细数据可以找舰队总部要。”

“好！”行商长马洛站起来，与瑟特用力握了握手，便大步走出去。

瑟特将右手的五根手指松开，慢慢搓掉刚才握手带来的压力，然后他耸耸肩，走进了市长室。

市长关上显像板，上身向后靠。“瑟特，你认为怎么样？”

“他会是个好演员。”瑟特若有所思地瞪着前方。

02

同一天傍晚，在哈定大厦二十一楼，乔兰·瑟特的单身公寓里，帕布利斯·曼里欧正在慢条斯理呷着酒。

曼里欧虽然瘦弱矮小又老态龙钟，却身兼基地两项重要职位。他既是市长内阁的外长，又是基地之外各恒星系的“首席教长”，并且拥有“圣粮供给者”、“灵殿主持”等莫测高深却声势惊人的头衔。

这时，他说：“可是市长已经同意你派那个行商去，这才是重点。”

“但这个重点太小，”瑟特说，“不能立刻见效。整个计划还只是最粗浅的谋略而已，因为我们无法预见最后的结果。我们现在这样做，只是以最小的代价等待愿者上钩。”

“的确如此。不过，这位马洛是个相当精明的人。我们拿他做饵，万一瞒不过他怎么办？”

“我们非得冒这个险不可。假如真有叛变阴谋，一定跟某些精明的人有牵连。但如果不是内奸干的事，我们仍然需要一个精明的人来查明真相。我会派人好好监视马洛，你的杯子空了。”

“谢谢，我不喝了。”

瑟特自己又倒了一杯，耐心地等着对方从焦虑的沉思中回过神来。

不过，无论这位首席教长在沉思什么，他显然并没有得到结论，因为他突然拼命大叫：“瑟特，你到底在打什么主意？”

“曼里欧，是这样的，”瑟特张开薄薄的嘴唇说，“我们正处于另一个谢顿危机中。”

曼里欧张大眼睛瞪着瑟特，然后轻声问：“你怎么知道？难道谢顿又在时光穹窿中出现了？”

“老朋友，这完全不需要谢顿现身。你仔细想想看，理由其实呼之欲出。自从帝国放弃银河外缘，任由我们自生自灭之后，我们从未遇到任何拥有核能的对手。直到如今，才算是头一次碰上，单单这件事就可说意义重大。但是无独有偶，我们如今还面临七十多年来首度的国内重大政治危机。我认为内外两种危机同时发生，就足以证明谢顿危机又来临了。”

曼里欧眯起眼睛。“假如只是这样，其实还不能算。目前为止，基地总共经历两次谢顿危机，两次都令基地险遭覆亡的命运。如果没有出现这种致命的威胁，其他的情况都不能算第三次危机。”

瑟特始终表现得极有耐心。“威胁已经迫近了。当危机降临后，再笨的人也看得出来。我们对国家能作的真正贡献，是在危机酝酿之际便趁早侦测到。听好，曼里欧，我们正在根据一个计划好的历史在前进。我们知道哈里·谢顿已将未来的历史几率算了出来；也知道有朝一日我们将要重建银河帝国；还知道这个伟业需要大约一千年的时间；而且我们更知道，其间我们必然会面临许多危机。

“第一次的危机，发生在基地成立后第五十年，而三十年之后，又发生了第二次危机。如今又过了差不多七十五年，是时候了，曼里欧，是时候了。”

曼里欧不安地摸摸鼻子。“那么，你已经拟定好应付这个危机的计划了？”

瑟特点了点头。

“而我，”曼里欧继续说，“也要在这个计划中扮演一角？”

瑟特又点点头。“在应付外来的核武威胁之前，我们必须先整顿自己的国家。那些行商……”

“哈！”首席教长态度转趋强硬，目光也变得更锐利。

“没错，那些行商。他们虽然很有用，但是他们的势力太强了——而且也太难驾驭。他们都是异邦人，没有受过宗教教育。我们一方面将知识交到他们手中，另一方面，却又放弃了对他们最有效的控制手段。”

“假如我们能证明他们叛变？”

“假如我们能够证明，那么直接采取行动就够了。但这样说一点意义也没有，即使行商全都无意叛变，仍然是我们这个社会的不安因素。他们不会因为爱国心或宗族的缘故而受我们约束，甚至宗教的威慑也无济于事。自从哈定时代以来，银河外围就尊称基地为‘神圣行星’，可是在行商的世俗式领导下，他们可能很快就会脱离掌控。”

“这点我知道，但有什么补救办法……”

“必须及时补救才来得及，在谢顿危机升到顶点前就要赶快行动。否则一旦外有核能武器的威胁，内部又有叛乱发生，那时胜算就太小了。”瑟特放下把弄许久的空酒杯，“这显然是你的责任。”

“我？”

“我没有办法。我的职位是市长委派的，没有民意基础。”

“市长……”

“不可能指望他。他的性格非常消极，最积极的动作就是推卸责任。假如有某个独立政党兴起，威胁到他的连任，他很可能会甘愿被牵着鼻子走。”

“可是，瑟特，我缺乏实际的从政经验。”

“全包在我身上。曼里欧，这种事谁说得准？自塞佛·哈定之后，从来没有人兼任首席教长和市长。但说不定现在就要重演了——如果你好好干的话。”

03

在端点市的另一端，一个普普通通的房间里，侯伯·马洛正在赴当天的第二个约会。他已经听对方说了很久，现在才小心翼翼地问道："是的，我听说过你正在筹划，想要送一名行商进市议会，作为我们大家的代表。但是，杜尔，为什么选我呢？"

詹姆·杜尔微微一笑。他这个人总爱主动提醒人家——不管对方有没有问他——他是第一批在基地接受普通教育的异邦人。

"我知道自己在做什么，"杜尔说，"还记得去年我第一次见到你的场合吗？"

"是在行商大会上。"

"对，你是大会的主办人。从头到尾你盯牢了那些极端分子，让他们枯坐干等、有口难言，简直吃定了他们。而且你和基地人民关系良好。你魅力四射——或者说，你的冒险家作风深得人心，这其实是一回事儿。"

"说得好。"马洛冷淡地接口道，"但是为什么选在这个时候？"

“因为现在我们的机会来了。你知不知道教育部长已经递出辞呈？这件事尚未正式公布，不过也快了。”

“你又是怎么知道的？”

“这——你就不用管了——”他不耐烦地摇摇手，“反正情形就是这样。行动党已经严重分裂，我们只要正面提出行商的平权问题，也就是为民主请命，不论他们赞成或反对，都会受到致命的一击。”

马洛懒洋洋地半躺在椅子里，瞪着自己粗壮的手指。“唔——杜尔，很抱歉。下星期我就要去出差，恐怕你得找别人了。”

杜尔瞪大眼睛。“出差？出哪门子差？”

“这是超级的最高机密，而且绝对第一优先，这种情形你了解吧。我已经跟市长的机要秘书谈好了。”

“毒蛇瑟特吗？”杜尔激动起来，“那是诡计。那个太空族的杂种想把你支开，马洛……”

“等一等！”马洛按住对方捏紧的拳头，“别那么激动。如果这是诡计，改天我自然会回来找他算账；但如果不是，那条毒蛇反而会被我们玩弄于股掌之上。听好，谢顿危机又要来了。”

马洛期待对方会有所反应。杜尔却不为所动，只是瞪大眼睛。“什么是谢顿危机？”

“银河啊！”对于这种意想不到的反高潮，马洛简直气炸了，“你上学的时候究竟在做些什么？你问这种幼稚的问题，到底是什么意思？”

比马洛年长的杜尔皱皱眉。“能否请你解释……”

沉默了好一阵子，马洛才说：“好，我来解释。”他双眉深锁，一句句说得很慢。“自从银河帝国从外围开始分崩离析，银河外缘回到蛮荒时代，哈里·谢顿和他手下的一批心理学家，在这片蛮荒的中心建立了一个自治殖民市，也就是我们这个基地。目的是要我们继续培育艺术、科学和科技，使它成为第二帝国的种籽。”

“喔，对，对……”

“我还没有说完，”马洛冷冷道，“基地未来的历史轨迹，是根据心理史学所规划的。心理史学这门科学，到了谢顿手中已经登峰造极。谢顿在我们未来的历史中，安排了一连串的危机，这些危机会迫使我们以最迅速的步伐，朝未来的帝国前进。每一次的危机，每一次的‘谢顿危机’，都会在我们的历史上标出一个新纪元。现在我们又接近另一个危机——第三次的危机。”

杜尔耸耸肩。“当年在学校，我一定也听老师讲过。不过，我已经毕业好久了——至少比你久。”

“我也这么想。算了，现在的重点是，我被派了出去，而且刚好被派到这个危机的漩涡中心。等到我回来，不知道会变成什么样子，何况每年都有市议员选举。”

杜尔抬起头。“你找到了什么线索吗？”

“没有。”

“有没有什么具体计划？”

“半点概念也没有。”

“那么……”

“那么，没有关系。哈定说过：‘想要成功，单凭计划绝对不够，还得时时随机应变。’我就是打算随机应变。”

杜尔不放心地摇摇头，然后两人同时站起来，互相望着对方。

马洛忽然以相当实事求是的口吻说：“我有个主意，你跟我一起去好不好？别瞪我，老兄。我听说你原来也是一名行商，后来才发现搞政治更刺激更有趣。”

“你要到哪里去？请你先告诉我。”

“现在只能说是向瓦沙尔裂隙飞去。上了太空之后，我才能进一步告诉你详情。怎么样？”

“万一瑟特要我待在他看得见的地方呢？”

“不太可能。如果他急着想把我赶走，难道不想连你也眼不见为净？此外，行商如果不能挑选到自己中意的人手，绝对不会愿意升空的，我当然也不例外。”

杜尔眼中忽然闪出一丝奇异的光采。“好，我去。”他伸出右手，“这将是我三年来的第一次旅行。”

马洛和对方握了握手。“好，好极了！现在我还要赶去召集船员，你知道远星号停在哪里吧？明天自己来报到，再见。”

04

科瑞尔的政体是历史上常见的一种现象：虽有共和国之名，统治者却比专制君主有过之而无不及。因此，他们不但能行独裁专政之实，又能避免像正统君主那样，处处要考虑王室的荣誉，还得受到宫廷规范的束缚。

显然，这个国家的经济并不繁荣。银河帝国统治的时代早已结束，只剩下无言的纪念碑与残破的建筑物，勉强证明这段时期的存在。然而，由于领袖阿斯培・艾哥的铁腕政策，科瑞尔严格限制行商的活动，更严禁传教士入境，因此“基地时代”的来临遥遥无期。

现在，远星号停在科瑞尔境内一座陈旧的太空航站中，船员都感到一股阴森之意。破烂的船库内充满腐朽的气氛，而随行的詹姆・杜尔正在起劲地玩着单人牌戏。

侯伯・马洛静静地由眺望窗往外望，若有深意地说：“这里有很好的物资，可以做些好买卖。”目前为止，科瑞尔这个地方简直乏善可陈。旅途一路平安无事，当天升空拦截远星号的星舰中队，是由一些小型的旧时战舰组成，不是显得有气无力就是外表百孔千疮。那些星舰始终小心翼翼地与远星号保持一段距离，直到现在仍旧如此，双方已经僵持了整整一个星期。马洛早已提出与当地政府官员会面的要求，却至今尚未得到答复。

马洛重复道："这里可以做些好买卖，简直可以称为贸易处女地。"

杜尔不耐烦地抬起头来，把扑克牌丢到一边。"马洛，你到底在搞什么鬼？现在船员已经开始发牢骚，军官已经在担心，而我也开始纳闷……"

"纳闷？纳闷什么？"

"这里的情势，还有你。我们究竟在干什么？"

"在等待。"

这位老行商闷哼几声，涨红了脸。他咆哮道："马洛，你简直瞎了眼。太空航站已经被警卫包围，我们头上又有星舰盘旋。他们也许就快准备好了，随时能把我们炸到地底去。"

"过去一周他们都能这么做。"

"说不定他们在等待增援。"杜尔的目光既锐利又冷峻。

马洛忽然坐下来。"是啊，我也考虑到这点。你可知道，这里面有很大的问题。第一，我们很顺利地抵达这里。然而，这点也许没有什么意义，去年有超过三百艘船舰经过此地，却只有三艘被击毁，这个比例算是低的。但是，这也可能意味着他们只有少数星舰具有核动力，在数量增加之前，他们不敢让这些星舰轻易曝光。

"可是另一方面，这也可能意味着他们根本没有核能。或者他们虽然拥有，却绝不轻易示人，生怕让我们发现什么。无论如何，打劫轻武装的太空商船，和骚扰基地正式派遣的特使，是完全不同的两件事。基地会派遣特使前来此地，就表示已经起了疑心。

"综合以上几点……"

“等等，马洛，等一等。”杜尔举起双手，“我都快被你的口水淹死了。你究竟想说什么？请省略分析的过程好吗？”

“杜尔，你一定得听我的分析，否则你不会了解。其实我们双方都在等待；他们不知道我来这里要做什么，我也不晓得他们的企图何在。但是我方实力较弱，因为我就一个人，而他们背后有整个世界——可能还拥有核能。即使如此，我绝对不能示弱。这样当然会很危险，当然随时可能被轰到地底去。但是我们一开始就晓得会有这种状况。现在除了等待还能做什么呢？”

“这我就不……咦，什么人？”

马洛抬起头，迅速调整着收讯器，显像板很快便出现值班中士有棱有角的脸孔。

“中士，说吧。”

那名中士说：“报告船长，船员将一名基地传教士放了进来。”

“一名什么？”马洛变得面如土色。

“报告船长，一名传教士。船长，他需要医生……”

“中士，你们干的这件好事，会使许多人都要找医生。立刻叫人家进入战备状态！”

船员休闲室几乎已经空无一人。命令发布五分钟后，连轮休人员也都拿起武器各就各位。在银河外缘群星间的无政府地带，速度是最重要的生存条件。而行商长手下的人，更是以所向披靡的速度著称。

马洛缓缓走进休闲室，上下左右仔细打量着这名传教士。然后他向汀特中尉瞄了一眼，中尉不安地挪到一旁；接着他又看了看值班的第门中士，这位中士面无表情地呆站在中尉身边。

马洛转向杜尔，若有所思地顿了顿。“好吧，杜尔，除了导航官和弹道官之外，把其他军官都悄悄带到这里来，船员则一律留在岗位上待命。”

杜尔离开后，马洛将每个洗手间的门都踢开，并且探头向吧台后面瞧了瞧，再把厚实的窗帘通通拉上。然后他离开了半分钟，又若无其事地哼着歌走回来。

五分钟过后，军官们鱼贯进入休闲室。杜尔跟在最后面，顺手将门轻轻关上。

马洛平静地问道：“首先，是谁没有得到我的准许，就让这个人进来的？”

值班中士向前走了几步，所有的目光都集中在他身上。“报告船长，这不是哪一个人的意思，而是大家一致同意让他进来的。这个人可说是我们的同胞，而这里的异邦人……”

马洛打断他的话。“中士，你们这种同胞爱，我很同情，也很了解。那些船员是你的手下吗？”

“报告船长，是的。”

“这件事结束后，让他们在自己的寝室中禁足一周。这期间你的指挥权也暂时解除，明白吗？”

中士脸色不变，双肩却微微下垂。他简洁有力地答道：“报告船长，明白了。”

“你们可以离开了，赶紧回到你们的炮位去。”

关上门之后，外面就响起一阵嘈杂声。

杜尔忍不住质问：“马洛，为什么要处罚他们？你明明知道，科瑞尔人逮到传教士就会处死。”

“任何行动无论有什么好理由，只要是违背我的命令，本身就是不可饶恕的错误。没有我的批准，任何人都不能上下这艘太空船。”

汀特中尉不服气地喃喃道："七天不准行动。你不能用这种方式来维持军纪。"

马洛却冷冷地说："我能。在理想状况下，看不出军纪的价值。唯有在生死关头，才显得出它的重要性，否则这种军纪根本没用。那位传教士呢？把他带到我面前来。"

马洛刚刚坐下，身穿红色斗篷的传教士就被小心地扶了过来。

"上师，请问大名？"

"啊？"传教士像陀螺一样转了过来，面向着马洛。他双眼茫然地睁得老大，一侧太阳穴上带着擦伤。他一直没有开口，马洛还注意到，他几乎一动也不动。

"上师，您的大名？"

传教士像是忽然活过来。他将双手向前伸，作拥抱状。"孩子——我的孩子，愿银河圣灵永远保护你。"

杜尔向前走几步，带着忧虑的眼神，以沙哑的声音说："这个人受伤了，谁带他去休息。马洛，下令送他去休息，再找个人照顾他，他伤得很重。"

马洛用结实的手臂将杜尔推开。"杜尔，这件事你别插手，否则我就把你赶出去。上师，您的大名？"

传教士突然双手合十作哀求状。"你们既然是受过教化的文明人，请救我离开这个异教之邦吧。"他慌慌张张地说，"救救我吧，那些蒙昧的畜牲要捕杀我，要以他们的罪恶亵渎银河圣灵。我叫裘德·帕尔玛，来自安纳克里昂，曾经在基地接受教育。是基地本土，我的孩子。我修习到无上的教义，成为一名灵的使者。我来到这里，是由于内心的召唤。"他喘得上气不接下气，"我落在那些无明的野蛮人手中。你们既是圣灵之子，奉圣灵之名，请你们保护我吧。"

紧急警报盒突然发出响亮而尖厉的声音，其中夹杂着一句话：

“发现敌方部队，请示命令！请示命令！”

所有的眼睛都不自觉地盯着上方的扩音器。

马洛大声咒骂，同时按下通讯器的回答键，大声喊道：“继续监视！没有别的指示了！”然后就切断了通话开关。

他走到厚厚的窗帘前，“唰”的一声拉开窗帘，用冷峻的目光注视着外面。

敌方部队！不，其实是数千名科瑞尔民众；这些乌合之众以排山倒海之势席卷而来。在冷冽的镁光照耀下，最前面的人潮已经零零星星逼近了。

“汀特！”马洛并未回头，可是颈部涨红了，“打开外面的扩音器，问他们究竟要什么。再问问这些人里面有没有法定代表。不要答应任何事，也不要恐吓他们，否则我先枪毙你。”

汀特中尉转身走了出去。

马洛感到一只手掌按在自己的肩膀，想也不想就把它推开。那当然是杜尔，他在马洛的耳旁叱道：“马洛，你有义务收容这个人，否则我们无法维持正义和光荣的名声。他来自基地，毕竟，他是一名教士。外面那些野蛮人……你听见我说的话没有？”

“杜尔，我在听。”马洛的声音很尖刻，“我不是来护教的，我来这里有更重要的事。杜尔先生，我将照着自己的意思行事，而且我向谢顿和银河发誓，如果你想阻止我，我会把你的喉管捏碎。杜尔，别挡我的路，不然你就死定了。”

马洛转身向那位传教士走去。“你，帕尔玛上师！你知不知道，根据公约，基地的传教士绝对不能进入科瑞尔境内？”

传教士浑身发抖。“孩子，我只遵照灵的指引前进。如果那些蒙昧的人拒绝接受教化，岂不是更证明了他们真的需要？”

“上师，这话离题了。既然你来到这里，就是违反科瑞尔和基地双方的法律，依法我不能保护你。”

传教士又举起双手，先前的狼狈模样已经消失无踪。此时，太空船外面的通讯装置正发出刺耳的喊话，而激愤的群众所作的回应，传到舱内则变成微弱的、此起彼落的叽喳声。这些声音令那名传教士发狂。

“你听到没有？为什么要跟我谈法律？法律是凡人定的，天地之间还有更高的‘法’。银河圣灵不是说过：汝等不可坐视同胞蒙受伤害；它还说过：今日尔等如何对待卑微无助之人，明日他人亦将如何待之。

“你没有枪炮吗？你没有太空船吗？基地难道不是你的后盾吗？在你头上和你的四面八方，难道不存在主宰宇宙万物的圣灵吗？”他停下来喘了一口气。

这时，远星号外面的喧嚣停止了，汀特中尉一脸为难地走回来。

“讲吧！”马洛不耐烦地说。

“报告船长，他们要求把裘德·帕尔玛这个人交给他们。”

“如果不交呢？”

“报告船长，他们作出各种威胁，但是都没有什么具体内容。他们人数太多了——而且似乎相当疯狂。有个人说自己是这个地区的负责人，控制着警力，但是他很显然只是傀儡。”

“不管是不是傀儡，”马洛耸耸肩，“无论如何他都代表法律。告诉外面那些群众，让那个人，不管他是总督还是警察局长，还是其他什么官，只要他单独到太空船这边来，就能把裘德·帕尔玛教士带走。”

马洛手上突然多出一把核铳，他补充道：“我不懂什么叫做抗命，我自己从来没有这种经验。但是如果这里有谁认为他能教我如何抗命，我会马上教他如何化解。”

铳口慢慢转向，最后对准杜尔。这位老行商勉力克制住脸部肌肉，紧握着的拳头也松开放下，呼吸却仍然急促而粗重。

汀特中尉再度离开，不到五分钟，一个小小的人影离开了人群。那个人影缓慢而迟疑地往前走，显得极为惶恐不安。他两度想向后转，都被群众的威胁与怒吼赶了回来。

“好，”马洛用手中核铳比划着，“葛朗、乌普舒，把他带出去。”

传教士发出骇人的尖叫。他举起双手，结实的手指朝天张开；宽敞的袖子滑下来，露出细瘦且血管凸起的手臂。与此同时，还有一道微弱的光芒一闪即逝。马洛轻蔑地眨眨眼睛，又做了一下手势。

传教士被两人夹在中间，他不断挣扎，同时喊道：“将同胞推进邪恶和死亡的叛徒不得好死。不理会无助者求救的耳朵都要变聋。无视冤屈者的眼睛通通瞎掉。跟邪灵打交道的灵魂永远堕入黑暗地狱……”

杜尔用双手紧紧捂住耳朵。

马洛将核铳插回皮套。“现在解散，”他以平静的口吻说，“回到各自的岗位。等群众散去后，继续严密监视六个小时。然后维持四十八小时的双倍戒备，之后我会另行指示。杜尔，你跟我来。”

两人来到马洛的寝室。马洛向一张椅子指了指，杜尔便坐下来，矮胖的身子显得有些畏缩。

马洛低着头，以嘲讽的目光瞪着他。“杜尔，”他说，“我很失望。你从政三年，似乎忘记了行商的一切。请你记住，我在基地的时候，也许是个民主人士，但是现在我指挥这艘太空商船，就不得不独裁专制。我以前从来不必用手铳指着我的手下，刚才要不是你太过分，我也用不着破例。

“杜尔，你是我请来的，没有正式的职务，私底下我会对你尽量礼遇——但只限于私下。然而从现在开始，在我的军官和船员面前，我就是‘船长’，不可以喊我‘马洛’。如果我再下任何命令，你的动作最好比三等船员还要快，否则我会以更快速度将你铐在底舱。明白了吗？”

这位政党领袖只好忍气吞声，用很勉强的口气说：“我向你道歉。”

“我接受！我们握个手好吗？”

杜尔柔弱的手指，被马洛粗壮的手掌包住。然后杜尔说：“我劝你是出于好意，我不忍心看你将传教士送到暴民手中受私刑。来提人的那个胆小鬼，不管他是总督还是什么官，他救不了那名传教士的。这简直就是谋杀。”

“我也没办法。坦白说，这件事太不对劲。你难道没有注意到吗？”

“注意到什么？”

“这座太空航站位于荒郊野外，却突然有一位传教士逃到这里。他是从哪里来的？他来到这里是巧合吗？然后又有大批群众追来，他们又是从哪里来的？离这里最近的任何城市，都至少在一百英里之外。他们却在半小时内就到了，这又是怎么做到的？”

“怎么做到的？”杜尔重复道。

“嗯，有可能这位传教士是个诱饵，被人故意带到这附近来。我们这位同胞，帕尔玛大师，看起来根本神志不清，他的精神好像始终没有正常过。”

“这种做法太过分了……”杜尔悲愤地喃喃道。

“也许吧！也许他们这么做，是故意诱骗我们见义勇为，不顾一切地保护这个人。他来这里，便是触犯了科瑞尔和基地的法律。假使我将他留下，等于是向科瑞尔宣战，基地也没有任何权利保护我们。”

“这——这种说法太牵强。”

马洛还没有回答，扩音器就响了起来。“报告船长，刚收到一份官方信函。”

“马上送过来！”

“啪”的一声，一个发光的圆筒从传送槽中跳出来。马洛将圆筒打开，倒出一张镶银的纸卷。他玩味似的用手指揉了揉，然后说：“从首都直接遥传过来的，是领袖的专用信笺。”

他对信笺瞄了一眼，干笑了一声：“我的想法太牵强吗？”

他将信笺扔给杜尔，又补充道：“我们把传教士交出去半小时后，总算接到这封十分客气的邀请函，请我们去谒见领袖——之前却苦苦等了七天。我想，我们已经通过了一项测验。”

05

领袖阿斯培自诩为“人民之子”。他的头发稀疏，只剩后脑的一撮灰发松软地垂在肩上。他的衬衣显然需要烫洗了，而他说话时带着浓重的鼻音。

“马洛行商，我们这里民风纯朴。”他说，“你不要做任何不实宣传。在你面前的人，只是这个国家的第一公民。所谓的领袖正是这个意思，而这也是我唯一的头衔。”

他似乎非常喜欢这个话题。“事实上，我认为这一点，是科瑞尔和贵国的密切关联之一。我了解贵国人民和我们一样，也在享受着共和制度的福祉。”

“领袖，正是如此，”马洛郑重其事地说，心中却绝对不敢苟同，“我深信就是这个原因，维持了两国政府的和平与邦谊。”

“和平！啊！”领袖稀疏的灰白胡子抽动着，表情显得感慨万千，“我认为在银河外缘各个世界，没有人比我更有和平的理想了。不瞒你说，自从我继家父成为这个国家的统治者之后，就一直在实行和平统治，从来也没有间断过。也许我不该这么说——”他轻轻咳嗽一声，“但是有人告诉我，我的人民，不，应该说我的同胞，他们都称我为‘万民拥戴的阿斯培’。”

马洛环顾富丽堂皇的庭院。他看到好些身材高大的人部署在偏僻的角落，他们佩戴着奇形怪状但显然威力强大的武器，也许是在防备自己。他想，这是可以理解的。然而，这里四周都围着高耸的钢筋混凝土墙，而且显然最近又加强过——对于“万民拥戴的阿斯培”而言，这并不能算是很合适的居所。

马洛说：“领袖，我很庆幸自己能与您交涉。邻近世界那些不肯实施开明统治的专制君主，大多欠缺王者风范，因而无法成为万民拥戴的统治者。”

“比方说？”领袖以谨慎的口气问。

“比方说，他们就不懂得关心人民最大的福祉。而您不同，您最了解这一点。”

两人一面说，一面在庭院里悠闲地漫步。领袖的眼睛凝注在碎石子路上，两只手放在背后互相揉搓。

马洛继续流畅地说：“直到目前为止，贵我两国的贸易仍然无法展开，这是因为贵国政府对我国的行商做出重重限制。当然，我想您一定早就很清楚，不设限的贸易……”

“自由贸易！”领袖咕哝着。

“好吧，自由贸易。您一定了解，那会使我们双方受惠。你们拥有一些我们需要的物资，我们也有不少你们想要的货品。只要能够互通有无，就能增进彼此的繁荣。像您这么开明的统治者，人民之友——或者我斗胆说，您就是人民的一分子——根本用不着我在这个题目上大做文章，我绝不会侮辱您的智慧。”

“确实如此！这些我都了解，但是你打算怎么办？”领袖故意以哀求的口吻说，“你们的人一直很不讲理。只要我们的经济体制许可，任何贸易我都赞成，但是绝不能根据你们的条件。我并不是这个国家唯一的主人——”他提高了嗓门，“我只不过是民意的公仆。附带着强迫性宗教的贸易，我的人民可不会接受。”

马洛挺起胸膛。“强迫性宗教？”

“你们一向如此，想必你还记得二十年前的‘阿斯康事件’吧。你们一开始先推销商品，接着就要求绝对的传教自由，以便教导对方妥善使用那些商品，以及建立‘健康灵殿’。然后又设立了宗教学校，并为神职人员争取到自治权。最后的结果如何呢？阿斯康如今已经成为基地体系的一分子，他们的大公连一点实权也没有了。喔！不行，不行！有尊严的独立邦国绝对不能忍受这些。”

“我想建议的通商方式，和您所说的完全不同。”马洛插嘴道。

“不同？”

“没错，我是一名行商长，金钱才是我的宗教。我最讨厌传教士那些神秘兮兮的秘法，还有那些叽里呱啦的咒语，所以我很高兴您拒绝接受这些。这样我们就更加意气相投了。”

领袖发出尖锐而颤抖的笑声。“说得好！基地早就该派你这种能干的人来。”

他亲热地将手放在马洛厚实的肩膀上。“但是老兄，你只说了一半。你刚才只告诉我不会有什么坏处。现在，说说究竟又会有什么好处？”

“领袖，唯一的好处，就是您将获得数不清的财富。”

“是吗？”领袖嗤之以鼻，“我要财富做什么？真正的财富就是人民的爱戴，而我已经有了。”

“两者并不冲突啊，您可以腾出一只手捞黄金，另一只手仍旧拥抱人民。”

“年轻人，果真有此可能，那就太有意思了。你要我怎么做呢？”

“喔，方法实在很多，困难在于如何选择。让我想想看，嗯，比如说奢侈品，我带来的这个样品……”

马洛从衣袋里慢慢掏出一条扁扁的金属链子。“比如这个。”

“这是什么？”

“必须示范才能明白。您能找个女子来吗？任何年轻女性都行，此外还要一面照全身的大镜子。”

“嗯，那么我们进去吧。”

领袖称自己的住处为“一间房子”，但是民众必定称之为一座宫殿。在马洛这个外人眼中，它简直就像一座堡垒。这座大宅建在一处俯瞰首都的丘陵上，城墙十分厚实坚固。各个通道都有警卫站岗，整个建筑的结构都着眼于易守难攻。马洛在心中暗笑，“万民拥戴的阿斯培”住在这里再适当不过了。

一位年轻少女来到他们面前，对领袖鞠躬行礼。领袖对马洛说：“这是领袖夫人的侍女，她可以吗？”

“好极了！”

马洛将金属链子环绕在少女的腰际，扣好后再退开几步。从头到尾，领袖一直目不转睛仔细看着。

然后领袖哼了两声。“喔，就这样吗？”

“领袖，请您把窗帘拉上。小姐，钮扣旁边有个小圆钮，请你拉一下好吗？放心，不会有事的。”

少女依言照做，随即大吃一惊，望着自己的双手惊呼：“哎呀！”

自腰际以上，她整个人都被朦胧而流转的冷光所笼罩。这股色彩变幻不定的光芒一直延伸到她的头顶，形成一顶绚丽夺目的冠冕。就像是有人从天上摘下北极光，替她铸成一件无形的披风。

少女走到镜子前面，出神地望着镜中的自己。

“来，拿着这个，”马洛又取出一串由黯淡无光的珠子串成的项链，“把它带在颈上。”

少女戴上之后，每颗珠子在冷光范围内，也都散发出深红与金黄色的光焰。

“你喜欢吗？”马洛问那少女。她虽然没有回答，眼中却充满艳羡之意。直到领袖做了一个手势，少女才依依不舍地推下那颗圆钮开关，眩目的光彩立时消失。她随即退下，但一定永难忘记这段经历。

“领袖，这就送给领袖夫人，”马洛说，“算是基地的一点心意。”

“嗯——”领袖将两件饰物拿在手中来回拨弄，像是在估量它们的重量，“这是怎么做到的？”

马洛耸耸肩。“这种问题只有我们的技术专家可以回答。不过我想特别强调，重要的是它不需要——不需要教士的指导就能使用。”

“嗯，这只不过是女人的饰物罢了。你能拿它做什么？又怎么能靠它赚钱？”

“你们这里可有舞会、欢迎会、宴会等等的社交活动？”

“喔，当然有。”

“您知道妇女肯花多少钱买这种珠宝吗？至少一万信用点。”

领袖似乎大吃一惊。“啊！”

“而且由于它的能源顶多只能维持六个月，所以必须经常换新。我们愿意以一千信用点一个的价钱无限量供应，请您以等值的锻铁支付。您的利润是百分之九百。”

领袖拼命扯着胡子，似乎正在进行复杂的心算。“银河啊，她们一定会打破头来抢购。我故意只供应极少的数量，让她们来竞标。当然，不能让任何人知道是我自己……”

马洛又说：“如果您有兴趣，我能为您说明我们暗中合作的方式——然后，再从我们全套的家庭用品中，随缘挑选一些合作项目。例如折叠式烤炉，可以在两分钟内，把最硬的肉烤成您喜欢的熟度；还有不必磨的利刀；还有整套袖珍型的全自动洗衣机，整个可以放进小柜子里；此外还有同类型的洗碗机、同类型的地板清洁机、家具清拭机，尘埃收集机、照明装置等等——喔，您想要的，应有尽有。请想想看，如果您让大众都能买到这些商品，您的声望会再增加多少。请再想想看，以百分之九百的利润，采取政府专卖的方式，您可以借此迅速累积……喔，累积多少财富。对于民众而言，这些装置仍然价廉物美，他们也绝对不会晓得您进货的价格。我还要再提醒您一次，这些家庭用品都不需要教士的监督指导，这岂不是皆大欢喜。”

“似乎只有你例外。你图的是什么呢？”

“我所能得到的，就是根据基地的法律，一个行商应得的利润。我和我的手下，可以得到整个利润的一半。您只要将我想卖给您的东西照单全收，我们双方就都是赢家，都是赢家。”

领袖已经陶醉在想象中。“你说希望我们用什么付账？铁吗？”

“是的，或者是煤、铁铝氧石。烟草、胡椒、镁或硬木也行，这些都是你们盛产的东西。”

“条件还算合理。”

“我也这么想。喔，还有一点也是随缘，领袖，我能替你们改良工厂的设备。”

“啊？那是什么意思？”

“嗯，以炼钢厂为例吧。我有一些小机器，能够轻易地处理钢铁加工，可以使成本降低到原来的百分之一。您只要将售价减半，还是能和制造业者分享巨大的利润。我跟您说，如果您允许我作一次示范，我就能证明我说的话。城里头有没有炼钢厂？不会花太多时间的。”

“马洛行商，这不难安排。不过那是明天的事，明天再说。今晚和我共进晚餐如何？”

“我的手下……”马洛一开口就被打断了。

“让他们一起来，”领袖大方地说，“这是我们两国亲善的象征，能让我们有机会多作一些友好的会谈。不过，我只想提醒你一件事——”他拉长了脸，表情严肃，“绝对别提你们的宗教，别以为这些能当传教士的敲门砖。”

“领袖，”马洛淡淡地说道，“我向您保证，宗教只会令我的利润折损。”

“那么目前为止，我还觉得满意。我会派人护送你回太空船去。”

06

领袖夫人比她的丈夫年轻很多。她的脸色苍白，面容冷峻，乌黑的长发在脑后梳成一个光润紧致的髻。

她的声音听来很泼辣。“我仁慈高贵的夫君，你事儿都办了吗？全部，全部办完了吗？现在，我想如果我有这个愿望，应该可以到花园走走了。”

“莉西雅，亲爱的，别这么夸张。”领袖好言好语地说，“那个年轻人今晚会出席晚宴，你可以跟他自由交谈，你如果有兴趣，甚至可以听听我说些什么。此外，我们还要为他的手下安排地方，众星保佑他们不会来太多人。”

“他们一定个个都是馋鬼，大块吃肉，大碗喝酒。等到算出这一顿的开销，保证你会心疼得呻吟两个晚上。”

“嗯，也许这次不会。不管你怎么说，我还是要筹备一场最丰盛的晚宴。”

“喔，我知道了。”她轻蔑地瞪着他，“你对那些蛮子倒很热络嘛。也许就是因为这样，才不准我参加刚才的会谈。也许你的小心眼里，正计划着如何背叛我的父亲。”

“绝对没有。”

“一定是这样，难道我应该相信你啊？我是个可怜的女人，为了政治而牺牲，陷身不幸福的婚姻当中。我从自己国家的大街小巷，甚至贫民窟里头，都能随便挑一个更适合我的丈夫。”

“好吧，听着，夫人，我来告诉你怎么办。也许你真的应该高高兴兴回娘家去，不过，得留下身体的一部分给我当纪念品，就留下我最熟悉的部分吧。我要先割掉你的舌头，然后，”他把脑袋倚在椅背上，像是在精打细算，“为了使你变得更美丽，耳朵和鼻头也得割下来。”

“你不敢，你这只哈巴狗，我父亲会把你这个小小国家轰成一片星尘。事实上，只要我告诉他说你正在和那些蛮子打交道，他就一定会这么做。”

“哼，哼。好啦，你用不着威胁我。今天晚上你可以自己问那个人。现在，夫人，把你的三寸不烂之舌收起来。”

“这是你的命令吗？”

“这个，拿去吧，给我保持安静。”

领袖将金属链子缠到她的腰际，又拿项链给她戴上。他亲自按下按钮，再后退几步。

领袖夫人倒抽了一口气，僵硬地伸出双手。她小心翼翼地抚摸着项链，然后又开始喘气。

领袖满意地搓搓手，说：“今晚你就可以戴着出席——将来我还会弄更多给你。现在，保持安静。”

领袖夫人果然安静下来。

07

詹姆·杜尔慌慌张张踱着步走过来，对马洛说：“你为什么臭着一张脸？”

侯伯·马洛从沉思中抬起头来。“我臭着脸吗？我不是故意的。”

“昨天一定发生了什么事——我的意思是，除了晚宴以外。”然后，杜尔改以肯定的口气说：“马洛，有麻烦了，对不对？”

“麻烦？没有，而且正好相反。事实是，我正准备用全身的重量去撞门，却发现那扇门及时开了一条缝。我们即将到炼钢厂去，这似乎太容易了。”

“你怀疑是陷阱吗？”

“喔，看在谢顿的份上，别那么悲观好吗？”马洛压抑着不耐烦的情绪，以平常的口吻补充道：“只是，太容易去的地方，代表什么也看不到。”

“你是指核能，嗯？”杜尔若有所思，“让我告诉你，我们在科瑞尔，是不会看到任何核能迹象的。像核能这种对国计民生有深远影响的科技，如果有的话，一定随处可见，很难百分之百遮掩起来。”

“杜尔，但如果是刚刚起步，而且应用在军事方面，那就另当别论。果真这样，就只能在太空船坞和炼钢厂看到。”

“如果我们在那里还找不到，那么……”

“那就表示他们还没有核能——或是故意藏起来。让我们猜猜看，或者掷硬币卜一卦。”

杜尔摇摇头。“假使昨天我和你在一起就好了。”

“我也希望如此。”马洛面无表情地说，“我不反对你给我精神上的支持。可惜决定会谈条件的人是领袖，而不是我自己。现在来的车子，似乎就是领袖派来的专车，准备接我们到炼钢厂去。东西带好了吗？”

“都齐了。”

08

炼钢厂的规模相当大，空气中弥漫着腐朽的气息，除非彻底翻修，否则不可能除去这种怪味道。为了接待领袖与随行官员的大驾，闲杂人等全被赶走，因此显得异常冷清。

马洛已经顺手举起一块钢板，放在两具支架上，并且握住了杜尔递给他的工具。此时他将手伸进铅套中，紧紧抓着里面的皮质把手。

“这个工具很危险，”他说，“不过普通的圆锯一样危险。无论如何，手指头都得避开。”

马洛一面说，一面用刃口迅速将钢板齐中划开，钢板立时悄无声息地裂为两半。

众人都吓了一跳。马洛则哈哈大笑，拾起其中一块撑在膝盖上。“这个机器的切割精度能微调到百分之一英寸，一块两英寸厚的钢板也能像这样轻易地一剖为二。只要厚度量得准确，就可以把钢板放在木桌上切割，却一点都不会伤到桌面。”

他每说一句，就用这个核能钢剪把钢板切下一块，顿时室内满是钢板的碎片。

“这是，”他说，“真正的削钢如泥。”

他将钢剪递还给杜尔。“此外还有钢刨。你们想不想让钢板变薄一点，或者将凹凸不平或锈蚀的地方刨平？请看！”

随着马洛的舞动，一片片透明的钢箔飘落下来。钢板的表面被刨了六英寸宽、八英寸宽……十二英寸宽。

“想不想要核能钢钻？都是应用相同的原理。”

在场人士通通围了上来。这像是为了推销商品而进行的一场魔术或杂耍，而马洛就是今天的街头魔术师。领袖用手指抚摸着刨下来的钢屑。而当马洛用钢钻轻易在一英寸厚的钢板上，打出一个个完美无暇的圆洞时，高级官员们全都踮起脚尖来看，还不时低声交换意见。

“现在我准备进行最后一个表演，谁能帮我拿两根短的钢管来。”

此时众人看得如痴如狂，还好总算有某某高官听到这句话，赶紧依言找来钢管，却把两手弄得满是油污。

马洛将两根钢管竖起来，用钢剪将上端都削去一小节，然后让削开的两端相对，把两根钢管接在一起。

结果两根钢管变成了一根！接合处连原子尺度的瑕疵都没有，根本看不出任何接痕。

马洛抬起头望着他的观众，正想要说话，喉咙却突然哽住，发不出任何声音。他的胸口感到强烈的悸动，胃部却发冷而刺痛。

因为他终于和领袖的贴身保镖面对面了。在混乱中，他们全都挤到最前排来保护领袖，让马洛第一次看清楚他们的随身武器。

那是核能武器！绝对错不了。使用火药的手铳，铳管绝不可能像那个样子。然而这不是重点，绝对不是。

重点是在那些武器的把手上，都有着镀金的薄片，上面镂刻着

“星舰与太阳”的标志！

在基地陆续出版的百科全书每一巨册的封面上，全都盖着同样的标志。数千年来，这个“星舰与太阳”的标志，也纹绣在银河帝国每一面旗帜上。

马洛心中一瞬间兴起无数的念头，但他还是勉力镇定地说：“请试试这根钢管！简直就是一根。当然，它还不算完美，因为我是用手工接合的。”

一切已经结束，不需要再变任何戏法了。马洛的目的已经达到，他想找的东西已经找到了。现在他脑海中只有一个画面：一个金球，周围有着象徵性的光芒，上面叠着一艘倾斜的雪茄状星舰。

那就是帝国的国徽，“星舰与太阳”的标志！

帝国！这两个字在马洛心中不断回荡。一个半世纪过去了，帝国仍旧存在于银河深处。如今它又出现了，势力再度触及银河外缘。

马洛露出了微笑！

09

远星号已经在太空中飞行了两天。侯伯·马洛将卓特上尉叫到自己的寝室来，交给他一个信封、一卷微缩胶片以及一个银色的小球。

“上尉，一小时后，你就是远星号的代理船长，直到我回来为止——或是永远代理下去。”

卓特刚要站起来，马洛立刻挥手示意他别动。

“别说话，仔细听着。信封里是某颗行星的准确坐标，你率领远星号飞到那颗行星，在那里等我两个月。如果在这两个月间，基地的人找到你们，那卷微缩胶片就是我给基地的报告。”

“然而，”马洛的声音变得有些忧郁，“假如两个月后我没有回来，而基地的船舰也没有发现你，就立刻回端点星去，将那个定时信囊交给基地政府，作为这次任务的报告。明白了吗？”

“报告船长，明白了。”

“不论在任何时候，你自己或其他船员，都不得将我的报告内容泄漏一丝一毫。”

“报告船长，如果有人问我们呢？”

“就说你们什么也不知道。”

“报告船长，记住了。”

他们的会谈到此结束，五十分钟之后，一架救生艇便从远星号的腹侧轻轻弹开。

10

欧南·巴尔是一位老人，已经老得无所畏惧。自从上次动乱之后，他就独自一人住在这个偏僻的地方，陪伴着他的，只有他从废墟中抢救出来的书籍。他从不担心会丢失任何东西，尤其是这条苟延残喘的老命。所以，他毫无惧色地面对闯进家里的陌生人。

“您家的门开着。”陌生人解释道。

他的腔调听来很陌生，巴尔也注意到他的腰际挂着精钢制成的随身武器。在这个相当昏暗的小房间里，巴尔还看得出陌生人周围闪耀着力场防护罩的光芒。

巴尔以疲倦的声音说：“我没有需要关门的理由。你希望我帮什么忙吗？”

“是的。”陌生人继续站在房间中央，他的体形很高很壮。他又说：“这附近只有您一户人家。”

“这里是很偏僻的地方。”巴尔说，“不过东边有座城镇，我可以告诉你怎么走。”

“等会儿吧。我可以坐下来吗？”

“只要椅子支撑得住你。”老人严肃地说。那些家具也都老了，早就该报废了。

陌生人说：“我名叫侯伯·马洛，来自一个遥远的地方。”

巴尔点了点头，微微一笑。“你的舌头早就泄露了这个秘密。我是西维纳人欧南·巴尔——曾经是帝国的贵族。”

“那么这里的确是西维纳。我不确定，是因为我只有一些旧星图作参考。”

“那些星图一定很旧了，连恒星的位置都不对。”

巴尔一直静静坐着，马洛则将目光转到一侧，好像在想什么心事。巴尔注意到他周围的核能力场已经消失，明白这代表马洛——不论是敌是友——已经不再像刚才那样提防自己。

巴尔又说：“我的房子很破旧，物资也极为贫乏。如果你咽得下黑面包和干玉米，欢迎你和我分享一切。”

马洛摇摇头。“谢谢您，我已经吃饱了。我也不能久留，只想请您指点去政府中枢的方向。”

“虽然我穷得一无所有，但是这个忙对我而言还是很简单。你指的是这颗行星的首邑，还是本星区的首府？”

马洛眯起眼睛。“这两个地方不同吗？这里难道不是西维纳？”

老贵族缓缓点了点头。“这里是西维纳没错。但是西维纳已经不是诺曼星区的首府，你被那些旧星图误导了。星辰也许几个世纪都不会改变，可是政治疆界却始终变幻无常。”

“那就太糟了。事实上，简直是糟透了。诺曼星区的新首府离这里很远吗？”

“在奥夏二号行星上，离此地二十秒差距，你的星图上应该有。这星图有多旧了？”

“一百五十年。”

“那么旧了？”老人叹了一口气，“这段时间的历史非常热闹。你可略知一二？”

马洛缓缓摇了摇头。

巴尔说：“你很幸运。过去一百多年，这里经历一段邪恶的时代，唯有斯达涅尔六世在位时例外，而他崩逝也有五十年了。从那时候开始，就不断发生叛乱谋反、烧杀掳掠；烧杀掳掠、叛乱谋反。”巴尔担心自己是不是太啰唆，但是这里的生活孤单寂寞，这个说话的机会太难得了。

马洛突然尖声问道：“烧杀掳掠，啊？听您的口气，好像这个星省已经一片荒芜。”

“也许还没有那么严重。想要耗尽二十五颗一级行星的资源，得花上很长一段时间。不过，和上个世纪的富庶相比，我们已经走了好长的下坡路——而且，至今没有任何好转的迹象。年轻人，你对这一切为何那么有兴趣？看你全身充满活力，目光也神采奕奕！”

这些话令马洛几乎面红耳赤。老人虽然双眼失去光采，却仍然能看透对方的内心，仿佛正在发出会心微笑。

马洛说：“让我告诉您吧。我是一名行商，来自——来自银河的边缘。我发现了一批旧星图，来到这里打算开发新市场。所以一提到荒芜的地区，我自然就浑身不舒服。在一个没有钱的世界，我怎么可能赚到钱呢？西维纳这个地方，目前的情况究竟如何？”

老人身体微微向前倾。“我也说不准。也许，还算过得去吧。但你居然是一名行商？你看起来更像一名战士。你的手一直紧挨着佩枪，下颚还有一道疤痕。”

马洛猛然抬起头来。“我们那个地方法律不张，打斗和挂彩都是行商成本的一部分。不过只有在有利可图的时候，打斗才算有意义；假如不用动武就能赚到钱，那岂不是更妙。我能否在此地找到值得一战的财富呢？我想打斗的机会倒是很容易找。”

“太容易了。”巴尔表示同意，“你可以加入红星地带的威斯卡余党，不过我不知道，你会管他们的勾当叫打斗还是打劫。或者你也可以投效我们的现任总督，他很仁慈——在幼年皇帝的默许下，他可以随意杀人、尽情劫掠，不过那位皇帝当然也被暗杀了。”

老贵族瘦削的双颊转红，他将眼睛闭上再张开，目光变得如鹰隼般锐利。

“巴尔贵族，听来您对总督似乎并不很友善。”马洛说，“万一我是他的间谍怎么办？”

“你果真是间谍又如何？”巴尔挖苦道，“你能从我这里得到什么？”他用枯瘦的手，指了指残破而几乎空无一物的屋子。

“您的性命。”

“生命随时会离我而去，我已经多活了五个年头。但是你绝非总督的人，否则，也许只是出于本能的自保心理，就会让我闭上嘴巴。”

“您又怎么知道？”

老人哈哈大笑。“你好像很多疑。我敢打赌，你以为我试图引诱你诽谤政府。不，不，我早已脱离政治了。”

“脱离政治？人脱离得了政治吗？您用来形容总督的那些话——是怎么说的？随意杀人、尽情劫掠等等，听来并不客观，至少不完全客观，不像是您已经脱离政治。”

老人耸耸肩。“过去的记忆突然浮现，总是令人感到痛苦。听好！然后你自己判断！当西维纳仍是星区首府的时候，我是一名贵族，并且是星省的议员。我的家族拥有光荣悠久的历史，曾祖那一辈曾经出过……不，别提了，昔日的光荣如今于事无补。”

“我想您的意思是，”马洛说，“这里曾经发生过内战，或是一场革命？”

巴尔脸色阴沉。“在如今这个人心不古的世代，内战可说是家常便饭，不过西维纳仍能侥幸避免。斯达涅尔六世在位期间，这里几乎恢复了昔日的繁荣。但是后继的皇帝都是懦弱无能之辈，使得总督一个个坐大。而我们上一任的总督——就是刚才提到的那个威斯卡，他仍然率领余党盘踞在红星地带，时常出没抢劫路过的商人——当年曾经觊觎帝国的帝位。他并不是第一个具有如此野心的人，即使他当初成功了，也不会是第一个篡位的总督。

“但他最后失败了。因为当帝国的远征舰队兵临城下之际，西维纳人民也开始反抗这位反叛的总督。”说到这里，他悲伤地停了下来。

马洛发觉自己紧张得快要从椅子上滑下来，于是慢慢放松些。“老贵族，请继续说下去。”

“谢谢你，”巴尔有气无力地说，“你真好，愿意让一个老人开心。他们开始反抗，或者我应该说，是我们开始反抗，因为我也是领导者之一。结果威斯卡逃离了西维纳，只差一点就被我们抓到。然后，我们立刻开放这颗行星，以及整个星省，欢迎远征舰队的司令官驾临，以此充分表现我们对皇帝陛下的忠心。至于我们为何这么做，我自己也不确定，也许，我们即使不认同那位皇帝——他是个既残忍又邪恶的小鬼，仍然想对皇帝这个象征效忠。不过也有可能，是我们害怕被帝国军队攻下。”

“后来呢？”马洛轻声追问。

“后来啊，”老人感伤地回答，“我们这么做，仍然不能让那位舰队司令满意。他此行的目的，就是要立下征服叛乱星省的彪炳战功，而他的部下都在等着征服之后大肆劫掠战利品。因此当许多民众仍然聚集在各大城市中，为皇帝和司令高声欢呼之际，那位司令竟然占领所有的武装据点，然后下令用核炮对付那些平民。”

“用什么名义？”

“名义就是他们反抗原来的总督，因为他仍是钦命的官员。接着，这位司令借着一个月的屠杀、劫掠和恐怖统治，使他自己成为新任总督。我原来有六个儿子，其中五个死了——死法各异。我还有一个女儿，我宁可她现在也死了。我能安全逃离，只是因为我太老了。我来到这里，新总督完全不把我放在心上。”满头白发的他垂下头来，“但是他们将我的一切全部没收了，因为我曾经出力赶走那个叛变的总督，损及了舰队司令的战功。”

马洛坐着默然不语，等了好一阵子，然后才轻声问：“您的最后一个儿子现在如何？”

“啊？”巴尔露出苦笑，“他很安全，他用化名投到司令麾下，如今是总督私人舰队的一名炮手。喔，不，我从你眼中看出来了。不，他并不是一个不肖的儿子。他只要有时间就会来看我，并且带来他能找到的各种物资，我如今是靠他养活的。将来若有一天，我们这位伟大而仁慈的总督一命呜呼，一定就是我儿子下的手。”

“而您将这种事告诉一个陌生人？这样会危及令公子的性命。”

“不，我是在帮助他，我正在为总督制造一个新的敌人。假使我并非总督的敌人，而是他的朋友，我会劝他在外太空用星舰筑成长城，一直部署到银河边缘。”

“你们的外太空没有星舰巡弋吗？”

“你看到了吗？你来的时候，遭到任何警戒舰队的拦截吗？由于星舰不足，边境的星省又为自家的叛变和犯罪问题所困扰，没有一个星省能分派出星舰来警戒外围的蛮荒星空。银河边缘的残破世界从来不曾威胁过我们——直到如今，你来了。”

“我？我一点也不危险。”

“你来过之后，就会有更多人陆续来到。”

马洛缓缓摇了摇头。“我不确定是否明白您的话。”

“听好！”老人的声音突然充满激动，“你一进来，我就知道你的来历了。我注意到你的身边围绕着力场防护罩，虽然现在没有了。”

迟疑地沉默了好一会儿，马洛才说：“是的……我的确有。”

“很好，这就让你露出马脚，可是你自己还不晓得。我知道不少事情。在这种衰败的世代，已经不流行做学者了。各种突如其来的变化，来得急去得也快，不能用手中的核铳保护自己的人，很快就会被潮流吞噬，我就是现成的例子。

“但我曾经是一名学者，我知道在核能装置的发展历史中，从来没有出现过这种随身防护罩。我们的确拥有力场防护罩，但是非常庞大，耗用大量的能源，可以保护一座城市，或是一艘星舰，却无法用在个人身上。”

“啊？”马洛努起嘴，“所以您推出什么结论？”

“在浩森的太空中流传着许多故事。这些故事经由各种奇异的管道扩散，每前进一秒差距就会扭曲一次。不过当我年轻的时候，曾经遇到一群异邦人，他们驾驶一艘小型太空船前来。那些人不了解我们的风俗习惯，也说不出自己从何处来。他们曾经提到银河边缘的魔术师，说那些魔术师能在黑暗中发出光芒，还能徒手在空气中飞行，而且任何武器也无法损伤他们。

“当时我们忍不住捧腹大笑，我也跟着大家一起笑。我早就忘记这件事，直到今天才想起来。你的确能在黑暗中放光，假使现在我握有核铳，我想也不可能伤到你。告诉我，你是不是随时能飞起来？”

马洛镇定地说：“这些我全都做不到。”

巴尔微微一笑。“我接受你的答案，我不会搜客人的身。不过，如果那些魔术师真的存在，又如果你是其中一分子，那么他们，或者应该说你们，有朝一日也许会蜂拥而至。这样可能也有好处，或许我们需要一些新血。”

巴尔无声地喃喃自语了几句，然后再慢慢说：“但是这也会带来另一方面的影响。我们的新总督也有一个梦想——正如前总督威斯卡的梦想一样。”

“他也在觊觎帝位？”

巴尔点点头。“我的儿子听到许多传言。他既然在总督身边，自然不想听也不可能，而他把听到的事都告诉我了。我们的新总督打着如意算盘，若能顺利取得帝位当然最好，不过他也安排了退路。假如篡位失败，有人说他打算在蛮荒地区建立一个新的帝国。还有一项传言，但我不能保证，是说总督已经将他的一个女儿，下嫁给外缘一个不知名小国的君主。”

“如果这些传言都能采信……”

“我知道，传言还有很多很多。我老了，喋喋不休地净说些废话。你的看法又如何呢？”老人锐利的目光似乎能直视马洛的心底。

行商马洛考虑了一下。“我什么都说不上来，但是我还想再问一件事。西维纳究竟有没有核能？不，等一等，我知道你们会制造核能用品。我的意思是说，这里有没有完好的核能发电机？还是最近的劫掠把它们也摧毁了？”

“摧毁？喔，当然没有。即使这颗行星有一半被夷为平地，最小的发电厂也都不会受到影响。它们的重要性无可取代，而且是舰队的动力来源。”他又近乎骄傲地说：“从川陀一路算过来，我们这里的发电厂是最大、最好的。”

“那么，如果我想看看这些发电机，第一步该怎么做呢？”

“做什么都没用！”巴尔斩钉截铁地答道，“一旦接近任何军事据点，你立刻会被击毙。任何人都不可能，西维纳仍旧是个没有公民权的地方。”

“您的意思是，所有的发电厂都由军方监管吗？”

“不一定。有些小规模的市内发电厂就不是，它们负责供应家用照明和暖气的能源，以及交通工具的动力等等。不过这些发电厂同样门禁森严，由一群‘技官’负责管理。”

“那又是什么人？”

“一群监督和管理发电厂的专业技术人员。这种光荣的职业是世袭的，他们的学徒就是自己的子弟，从小就接受专职训练，灌输强烈的责任感、荣誉心等等。除了技官之外，没有人能进入那些发电厂。”

“我明白了。”

“不过，”巴尔补充道，“我可没有说每一位技官都是清廉的。过去五十年间，一连换了九个皇帝，其中有七个是遇刺身亡——这种年头，每艘星舰的舰长都想当上总督，每位总督又都想篡夺帝位，我猜即使是技官也一定能用钱买通。可是这要很多很多钱，我自己一文不名，你呢？”

“钱？我也没有，难道行贿一定要用钱吗？”

“在这个金钱万能的时代，还能有什么替代品？”

“金钱买不到的东西多着呢。请您告诉我，拥有这种发电厂的城市哪个最近，还有怎样才能最快到达那里，我会很感激您的。”

“等一等！”巴尔伸出枯瘦的双手，“你急什么？你到这里来，但我什么都没问。然而，城里的居民仍被驻军视为叛徒，你一旦进了城，任何一名军人或警卫只要听出你的口音、看到你的服饰，就会马上把你拦下。”

老人站起来，从一个老旧柜子的角落掏出一个小本子。“这是我的护照——伪造的，我就是靠它逃出来的。”

他把护照放到马洛手上，将马洛的手指合起来。“照片和数据当然和你不符，不过如果虚晃一下，过关的机会还是很大的。”

“但是您呢，您自己就没有了。”

老人耸耸肩，显得毫不在乎。“我要它有什么用？我再警告你一件事，最好少开尊口。你的腔调很不文雅，用语又很古怪，还不时会吐出惊人的古文。你说得越少，就越不容易让别人怀疑你。现在我来告诉你怎么去那座城市……”

五分钟之后，马洛离开了。

但是不久之后他又回来了，这次只在老贵族的门口逗留片刻。

第二天早上，当欧南·巴尔走进小小的庭院时，发现脚下有一个盒子。盒子里装的是食物，好像是太空船携带的浓缩口粮，不论口味或烹调方式都很陌生。

但是这些食物既营养又好吃，而且能保存很久。

11

这位技官个子矮胖，皮肤透着一层养尊处优的油光。他的头发只剩边缘的一圈，中间的头皮泛着粉红色的光芒。他戴的戒指每一枚都又粗又重，他的衣服还洒了香水。马洛在这颗行星上已经遇到不少人，目前为止只有他并未面露饥色。

技官不高兴地撇着嘴。“喂，你，快一点。我还有许多非常重要的事有待处理，你像是外地来的……”他似乎在打量马洛那一身绝非西维纳传统服饰的衣着，而他的眼睑现出浓厚的怀疑。

“我的确不住在附近，”马洛镇定地说，“但是这点并不重要。我感到很荣幸，昨天有机会送你一件小礼物……”

技官翘起鼻子。“我收到了，挺有意思的廉价品，哪一天我或许用得着。”

“我还有许多更有趣的礼物，而且绝对不是廉价品。”

“哦？”技官持续发出这个声音，沉思了良久，“我想，我已经了解你来见我的目的，这种事情以前也发生过。你想要送点什么给我，比如说一些信用点，或是一件披风，或是二流的珠宝。你们这种没见识的人，以为这些东西就能让一位技官腐化。”他凶巴巴地鼓起嘴，“我也知道你想要交换什么，以前也有人打过同样的如意算盘。你希望我们能收容你，希望学习核能装置的秘密和维修核电厂的技术。你们打这个主意，是因为你们这些西维纳奴才，还因为当年的叛变而天天受到惩罚——也许你根本就是西维纳人，故意扮成异邦人以求自保。你以为投靠技官公会，就能享有我们的特权和保护，就能逃掉应受的惩罚吗？”

马洛正想说话，技官却突然提高音量吼道：“现在赶快滚吧，否则我马上向本城的护民官告发你。你以为我会辜负所托吗？在我之前的西维纳叛徒也许会——可能会！但是你现在面对的是另一个典型。唉，银河啊，我怎么还没有赤手取你的性命，连我自己也很惊讶。”

马洛心里暗笑。技官所说的这番话，无论语调或内容都明显地矫揉造作。因此他口中义正辞严的愤慨，在马洛耳中却成了蹩脚的独白。

马洛带着笑意瞥了瞥那两只柔软无力、却据称能掐死他的手掌，然后说：“睿智的阁下，你总共误会了三件事。第一，我不是总督派来试探你忠诚与否的走狗；第二，我要送你的礼物，即使显赫如皇帝陛下也一辈子见不到；第三，我要求的回报非常小，微不足道，不费吹灰之力。”

“这可是你说的！”技官的口气变得充满讥讽，“好，你到底有什么奇珍异宝要献给我？竟然连皇帝陛下也没有，啊？”他忍不住拼命哈哈大笑。

马洛站起来，将椅子推到一旁。“睿智的阁下，我足足等了三天才见到你，但是我的展示只需要三秒钟。我注意到你的手一直放在核铳附近，请拔出来吧。”

“啊？”

“然后劳驾你对准我射击。”

“什么？”

“假使我被打死了，你可以告诉警察，说我试图贿赂你出卖公会的秘密。这样你就会得到很高的赞誉。假如我没有死，我就把身上的防护罩送给你。”

直到这时，技官才注意到这位访客周身笼罩着一层黯淡的白光，好像被一团珍珠粉末包围着。于是他举起核铳，以充满疑惧的心情瞄准马洛，然后扣下扳机。

巨大的能量在一瞬间释放，令周围的空气分子立刻受热燃烧，进而被撕裂成白热的离子。核铳的能束划出一条眩目的直线，一端正中马洛的心脏——随即迸溅开来！

马洛耐心的表情没有丝毫改变。至于被那团黯淡的珍珠般光芒所挡住的能束，则尽数反弹而消失在半空中。

技官手中的核铳掉到地上，他却浑然不觉。

马洛说：“皇帝陛下有个人力场防护罩吗？你可以有一个。”

技官结结巴巴地说：“你也是一名技官？”

“不是。”

“那么——那么你是从哪里弄来的？”

“你又何必管呢？”马洛的口吻变得轻蔑而不客气，“你到底想不想要？”桌上突然出现一条细小的链子，上面有许多圆形凸起。“就在这里。”

技官一把将链子抓起来，疑神疑鬼地抚摸着。“这是完整的套件？”

“完整。”

“能源在哪里呢？”

马洛指着链子上最大的圆形凸起，那是个毫不起眼的铅质容器。

技官抬起头来，满脸涨得通红。“先生，我是一名技官，一名资深技官。我曾经在川陀大学，受业于伟大的布勒教授，而我担任主管也有二十年的历史。如果你想用这种下三烂的伎俩骗我，要我相信这么一个……一个胡桃大小的容器中，他妈的，里面竟然有一个核能发电机，我在三秒钟之内，就送你到护民官那里去。”

“你如果不相信，就自己找出来。我说这是一组完整的套件。”

技官开始将链子系在腰际，脸色逐渐恢复正常。然后他依照马洛的指示，按下其中一个凸起，全身立刻被一团不太明显的光辉所笼罩。他拾起核铳，却犹豫不决。终于，他慢慢地将核铳调到几乎无害的程度。

然后，他用颤抖的手按下扳机。核铳的光焰喷到他另一只手上，他却一点感觉也没有。

技官猛然转身。“假如我现在向你射击，把这个防护罩据为己有，你又能怎么办？”

“试试看啊！”马洛说，“你以为我给你的，是我唯一的样品吗？”他的四周又泛起一团光芒。

技官心虚地吃吃笑着，并将手中的核铳扔到桌上。“你刚才说的那个微不足道、几乎不费吹灰之力的回报是什么？”

“我要看看你们的发电机。”

“你明明晓得这是严格禁止的事。搞不好，我们两个都会被投射到太空去……”

“我并不想碰触或操作那些机器。我只是想看看——远远地看一看就行。”

“万一我不答应呢？”

“万一你不答应，你还是可以留下防护罩，但我身边还有其他的玩意。比如说，专门用来射穿那种防护罩的特制核铳。”

“嗯——”技官的眼珠左右游移，“跟我来吧。”

12

他们离开了技官的家，那是位于发电厂外围，一幢小型的双层楼房。而发电厂占据着这个城市的中心地带，是一个庞大、方形、没有任何窗户的建筑物。马洛尾随技官穿过一条又一条的地下通道，终于来到静寂且充满臭氧气味的发电室。

其后的十五分钟，马洛一言不发地跟着技官到处参观。他的眼睛没有遗漏任何一处，手指却没有碰触任何地方。然后，技官压低声音说："你看够了没有？这件事，我可信不过我的那些手下。"

"你何时信得过他们了？"马洛讽刺地问道，"我看够了。"

他们回到技官的办公室，马洛又若有所思地问："所有的发电机都在你的管理下？"

"每一台都归我管。"技官以分外骄傲的口气说。

"你负责维护它们正常运转？"

"没错！"

"若是发生故障怎么办？"

技官很不高兴地摇摇头。"这些机器不会故障，它们绝不会发生故障，能够永远运作下去。”

“永远可是很长的时间。我只是说假设……”

“假设不可能的情况，是不科学的。”

“好吧，那么假设我用核铳将某个重要零件轰掉，我想这些机器还抵挡不了核铳吧？又假设我将某个重要的接点烧熔，或是打爆一根石英D型管？”

“哼，这样的话，”技官怒气冲冲地吼道，“你会被处决。”

“是的，这我知道。”马洛也开始咆哮，“但发电机会怎么样？你能修理吗？”

“先生，”技官继续狂嗥，“你已经得到回报，看到你想看的东西。现在给我滚蛋！我再也不欠你什么了！”

马洛嘲弄似的向他一鞠躬，便离开了。

两天后，马洛来到远星号停泊之处，准备回到端点星。

与此同时，技官的防护罩失灵了。不论他如何苦思，不论他怎样咒骂，那种光芒却再也不曾出现。

13

六个月以来，马洛几乎直到今天才得空偷闲。他躺在新居的太阳室中，一丝不挂地享受着日光浴。他还不时张开两只壮硕棕黑的手臂，来回伸着懒腰，结实的肌肉也随着一收一张。

站在一旁的安可·杰尔将一根雪茄塞进马洛嘴里，并为他点上火。他自己也含了一根，然后对马洛说：“你一定累坏了，也许应该好好休息一段日子。”

“也许吧，杰尔，但我宁愿进市议会去休息。我要取得市议员的席位，而你要帮助我。”

杰尔扬扬眉毛：“怎么把我也牵扯进去？”

“这是理所当然的事。第一，你是个经验老到的政治人物；第二，你曾被乔兰·瑟特踢出内阁，而那家伙宁愿失去一只眼睛，也不愿意见到我当上市议员。你认为我没有什么机会，是吗？”

“机会当然不大。”这位前教育部长表示同意，“因为你是司密尔诺人。”

“根据法律，这不成问题，我接受过基地的普通教育。”

“这个，你想想看，根深蒂固的成见何时尊重过法律？不过，你们自己人——那个詹姆·杜尔怎么说？他的看法如何？”

“差不多一年前，他就说要帮我竞选市议员。”马洛流畅地答道，“但我现在的实力已经比他还强，他无论如何帮不了我的忙。这个人没有什么深度，声音太大，手段太强——这样做只会惹人反感。我要赢得漂漂亮亮，所以我需要您。”

“乔兰·瑟特是这颗行星上最精明的政客，而他必定会跟你唱反调。论智谋，我不敢说能胜过他。还有，别以为他不会使出各种卑鄙狠毒的手段。”

“我有钱。”

“这倒很有帮助。但是想要消除偏见，需要的可不是一笔小数目——你这丑陋的司密尔诺人。”

“我会砸下很多钱。”

“好吧，我会好好考虑一下。不过丑话说在前头，到时候可别反咬我一口，说是我怂恿你蹚这滩浑水的。是谁来了？”

马洛嘴角下扯：“我想就是乔兰·瑟特，他来早了，这点我可以理解。我跟他玩捉迷藏，已经足足玩了一个月。听好，杰尔，你到隔壁房间去，把扬声器的声音调低。我要你也听听我们的谈话。”

马洛赤脚踢了这位市议员一下，将他赶到隔壁房间。然后他才爬起来，穿上丝质睡袍，并将人工日光调到普通的强度。

市长机要秘书板着脸走进来，表情严肃的管家蹑手蹑脚在他后面将门关上。

马洛一面系腰带，一面说：“瑟特，请随便坐。”

瑟特勉强咧开嘴角笑了笑。他选了一张很舒服的椅子，可是只坐在椅子边缘，全身仍然紧绷。他说：“如果你开门见山提出条件，我们就立刻进入正题。”

“什么条件？”

“你希望慢慢磨吗？好吧，那我从头说起，比如说，你在科瑞尔到底做了些什么？你的报告并不完整。”

“我几个月前就交给你了，当时你很满意。”

“是的，”瑟特若有所思地用一根手指搓着额头，“但是从那时开始，你的一切行动都饶有深义。马洛，我们对你正在进行的事知道不少。我们知道你正在兴建多少座工厂，你为什么急着做这件事，还有你总共花了多少钱。而你现在住的这座宫殿——”他环顾四周，却没有带着任何欣赏的目光。“你在这座建筑上的花费，是我年薪的许许多多倍。此外，你摆的那些排场——你耗费巨资所摆的排场，是为了打进基地的上流社会。”

“所以呢？除了证明你雇了许多高明的侦探，这还能说明什么？”

“这说明你在一年之间，财富暴增了许多。而这个事实又意味着很多可能——比如说，你在科瑞尔的时候，发生了很多我们不知道的事。那些钱你究竟是从哪里弄来的？”

“亲爱的瑟特，你不会真的指望我告诉你吧。”

“不会。”

“我就知道你不会，所以我偏要告诉你。那些钱，是直接来自科瑞尔领袖的金库。”

瑟特不禁猛眨眼睛。

马洛微笑着继续说：“你一定会很遗憾，那些钱都是完全合法的。我是一名行商长，我和那位领袖做成一笔交易，卖给他一大批饰物，收取锻铁和铬铁矿作为代价。根据我和基地签订的苛刻契约，利润的百分之五十归我所有。等到年底，好公民都要缴所得税的时候，我会将另外一半缴交政府。”

“在你的报告中，并没有提到任何的贸易协议。”

“但是也没有提到那天我的早餐吃了什么，或是我现在的情妇叫什么名字，或者其他任何不相干的细节。”马洛的微笑化作冷嘲，“我被派到那里去——引用你自己的话——是要我把眼睛放亮一点，而我保证从未闭起来。你要我去调查失踪的基地太空商船，我从来没有看到过它们。也从来没有听说过。你要我查出科瑞尔有没有核能，我在报告中已经提到，领袖的贴身保镖佩有核铳，除此之外我没有看到其他迹象。据我所知，我看到的核铳是帝国的遗物，也许已经失效了，只是一种装饰而已。

“前面提到的这些，我都是奉命行事，但是除此之外，我始终保有自由之身。根据基地的法律，行商长可以尽量开发新市场，从中取得一半的利润。你到底在反对什么呢？我实在不明白。”

瑟特谨慎地将目光转移到墙壁上，勉强压抑着怒意说：“根据一般性的惯例，行商在推展贸易时还要宣教。”

“我遵奉的是法律，而不是惯例。”

“有些时候，惯例的力量超过法律。”

“那你去法院告我好了。”

瑟特扬起深陷在眼窝中的忧郁眼珠。“你毕竟是司密尔诺人，归化基地并且接受基地教育似乎并不能让你脱胎换骨。注意听，并且试着搞清楚。

“这件事和金钱或市场无关，伟大的哈里·谢顿所发扬光大的那门科学，证明了未来的银河帝国要靠我们来建立，对这项神圣的使命我们义无反顾。

“而我们所拥有的宗教，是达成这个目标不可或缺的工具。利用这个宗教，当四王国有力量粉碎基地的时候，我们就能令他们臣服。这个宗教是控制其他世界最强而有力的手段，找不到比它更有效的办法了。

“我们发展贸易和奖励行商的主要原因，就是为了能更迅速有效地宣教，以便保证我们输出的新科技体系，都能在我们彻底而直接的控制之下。”

瑟特停下来缓一口气，马洛趁机轻声插嘴：“我知道这个理论，我完全了解。”

“你了解？这可出乎我意料之外。那么，你当然应该明白你所做的事，像是试图将贸易独立；大量生产没有价值、不能动摇经济体系的小东西；将我们的星际政策交到财神手中；让核能和控制它的宗教脱离——你的这些行为，等于全盘否定并终将推翻基地成功实施了一个世纪的政策。”

“也是该推翻的时候了，”马洛轻描淡写地说，“因为这个政策已经过时，变得危险又不可行。纵使你的宗教成功控制了四王国，银河外缘却鲜有其他世界接受它。当我们取得四王国的控制权时，曾有为数不少的人士流亡到其他世界，银河在上，谁晓得他们会如何宣传这段历史，指控塞佛·哈定利用教士制度和人民的迷信，推翻了君主的地位、剥夺了君主的威权。倘若这还不足以说明，二十年前的‘阿斯康事件’是个更明显的例子。如今，银河外缘每一位统治者，都宁死也不愿意让基地的教士入境。

“我认为不应该强迫科瑞尔，或是其他任何世界，接受我自己明知道他们不想要的东西。瑟特，这是不对的。如果他们因为拥有核能而变得危险，那么我们靠贸易关系和他们建立亲密邦谊，要比借助不可靠的宗教宰制他们好得多。因为后者依靠的是外来的神秘力量，无异于一种令人憎恨的霸权，一旦稍微呈现疲弱的趋势，它就会全面崩溃。最后除了无止尽的畏惧和恨意，其他什么都不会剩下来。”

瑟特以讥讽的口吻说:“说得非常好。那么,回到我们原来的题目,你的条件是什么?你要得到什么好处,才会放弃自己的观点而接受我的想法?”

“你以为我会出卖自己的信仰?”

“有何不可?”瑟特冷冷地答道,“你的本行不就是做买卖吗?”

“只在有利可图的情况下。”马洛一点也不动气,“你难道有什么办法,能让我赚得比现在更多吗?”

“你可以保留利润的七成半,而不是如今的五成。”

马洛干笑了几声。“的确是很优惠的条件。可是依照你的做法,贸易额会降到远低于我如今的十分之一。你得提出更好的条件。”

“你还能在市议会中获得一个席位。”

“无论如何我都会当选的,你不帮忙或帮倒忙都一样。”

瑟特陡然捏紧了拳头。“此外,你还能免除一场牢狱之灾。否则,我可以让你坐二十年的牢。把这项利益也考虑进去。”

“这不算利益,但你能拿什么罪名威胁我?”

“谋杀罪如何?”

“谋杀什么人?”马洛轻蔑地问道。

瑟特的声音变得尖厉,不过音量并未提高。“谋杀一名为基地工作的安纳克里昂教士。”

“真的吗?你又有什么证据?”

市长机要秘书将上身向前倾。“马洛,我不是在虚张声势。搜证工作已经完成,我只要签署最后一份文件,基地控告行商长侯伯·马洛的案件就能成立。你曾经遗弃一名基地公民,令他落在异邦暴民手中遭受酷刑致死。马洛，你只有五秒钟的时间决定是否妥协。对我个人而言，我倒宁愿你不加理会。与其将你变成一名可疑的盟友，不如毁掉你这个敌人来得安全。”

马洛一本正经地说：“那我让你如愿吧。”

“好极了！”瑟特露出狰狞的笑容，“是市长要我试着和你先礼后兵，而不是我自己的意思。你也看得出来，我并未努力试图说服你。”

说完，他便转身开门离去。

安可·杰尔又走进来，马洛随即抬起头。

“他说的话你都听到了吗？”马洛问。

杰尔来回踱步。“自从我认识这条毒蛇以来，从未见过他发这么大的脾气。”

“好，你的看法如何？”

“嗯，我来告诉你吧。利用宗教取得支配权的对外政策，是他脑袋中的顽固教条，可是我却认为，他最终的目的并不在于宗教。我被赶出内阁，也是因为驳斥这一点，这就不用我再多说了。”

“不用了。那么根据你的想法，那些非宗教的目的又是什么呢？”

杰尔转趋严肃。“嗯，他并不笨，所以一定也看得出我们的宗教政策已经破产。在过去七十年间，这个宗教几乎没有帮我们征服过任何世界。他显然是想利用宗教，达成自己的目的。

“任何宗教，出发点都是诉诸信仰和感情。如果将宗教当成武器，那是非常危险的一件事——因为谁也不敢保证这种武器不会反过来伤到自己。

“过去一百年来，我们所发展的这些仪典和神话，已经变得越来越神圣、越来越传统——而且越来越深植人心。就某方面而言，它已经不在我们的控制之下。”

“这怎么说呢？”马洛追问，“别停下来，我想知道你的想法。”

“嗯，假设有一个人，一个野心勃勃的人，想要利用宗教来对付我们，而不是帮助我们。”

“你是指瑟特……”

“你猜对了，我说的就是他。听好，老兄，如果他能假借正统之名，动员基地所属诸行星上各级神职人员反抗基地，我们是否应付得了？他让自己成为那些虔诚信徒的领袖，就能发动一场战争来声讨异教徒，例如以你作为代表，而最后他就有可能称王。总之，正如哈定说的：‘核铳是很好的武器，可惜无法分辨敌我。’”

马洛使劲一拍赤裸的大腿。“好吧，杰尔，把我送进市议会，我再好好跟他斗。”

杰尔好一会儿不做声，然后若有深意地说：“也许不行了。他刚才说一名教士被人以私刑处决，这究竟是怎么回事？不可能是真的吧？”

“可以说是真的。”马洛毫不在意地回答。

杰尔吹了一声口哨。“他有真凭实据吗？”

“他应该有。”马洛犹豫了一下，然后补充道：“詹姆·杜尔从头到尾都在为他工作，不过他俩都不知道我早已察觉。那件事情，杜尔就是现场目击者。”

杰尔摇摇头。“喔，这就糟糕了。”

“糟糕？有什么好糟糕的？根据基地的法律，那教士去那颗行星是非法的行为，他显然是被科瑞尔政府拿来当做诱饵，不论他是否出于自愿。基于常识，我别无选择，只能采取一种行动——而这个行动是百分之百合法的。假如他真要控告我，只会在众人面前丢人现眼。”

杰尔再度摇了摇头。“不对，马洛，你忽略了一点。我告诉过你，什么卑鄙手段他都使得出来。他并不是要将你定罪，他也知道没办法做到。但是他真正的企图，是要破坏你在群众心目中的地位。你听到他刚才说的，有些时候，惯例的力量超过法律。你自然可以大摇大摆走出法庭，但是如果让群众知道，你将一名教士丢给野蛮的暴民，那你的声望就泡汤了。

“群众会承认你所做的完全合法，甚至是合理的。但是在他们心目中，你却变成一个懦弱的家伙、一个没有感情的野兽、一个铁石心肠的怪物。这样你就永远不可能选得上市议员。

“更糟的是，他们还能用公民投票的方式取消你的公民权，这样你的行商长资格也会丢了。你记得吧，你不是基地土生土长的。想想看，这样能不能让瑟特满意？”

马洛紧紧皱着眉。“原来如此！”

“小老弟，”杰尔说，“我会站在你这边，但我帮不了什么忙。你已是他们的头号眼中钉——必欲除之而后快。”

14

行商长马洛的公审进行到第四天，市议厅可说是名副其实的“爆满”。唯一缺席的一名市议员是因为头骨挫伤卧病在床，为此他还一直长吁短叹。旁听席上则挤满群众，甚至快要挤爆走道和天花板。这些人都是借着过人的影响力、财力、体力或耐力，才有幸挤进来的。其他民众则挤在外面的广场上，在每个三维电视幕周围形成一群群的人潮。

安可·杰尔靠着警方的帮助，费了九牛二虎之力钻进市议厅。然后他又努力穿过里面几乎同样拥挤的人群，才终于来到马洛的座位旁。

马洛转过头，松了一口气。“谢顿保佑，你总算及时赶到。东西带来了吗？”

“在这里，拿去。”杰尔说，“正是你要的东西。”

“太好了，外面情形如何？”

“他们简直疯狂透顶了，”杰尔不安地挪动着，“你根本不该答应接受公审，你本来可以阻止他们的。”

“我并不想这么做。”

“有人提到要对你动私刑，而曼里欧在其他行星的手下……”

“杰尔，我正想问你这件事。他想要煽动教士阶级对付我，是吗？”

“是吗？保证那是你所见过最厉害的诡计。他一方面以外长的身份，用星际法起诉这件案子；另一方面，他又以首席教长和灵殿主持的身份，挑起狂热信徒们的……”

“好了，别管这些。还记不记得上个月你对我引述的哈定警语？我们会让他们明白，核铳其实可以瞄准任何一方。”

此时市长准备就坐，议员们都起立致意。

马洛压低声音对杰尔说：“今天轮到我表演了，你坐在这里等着看好戏吧。”

当天的流程随即展开，十五分钟后，侯伯·马洛穿过发出轻声咒骂的人群，走到市长席前面的空位。一束灯光立时聚焦在他身上，于是在市内各个公共电视幕，以及端点星每个家庭的私人电视幕，都能看到一个孤单魁梧的男子正不屈不挠地凝视前方。

他开始以平静温和的语气说：“为了节省时间，我承认检方对我所指控的每一点。他们所陈述的有关教士和暴民的故事，所有的细节也都是千真万确的。”

大厅中立刻起了一阵骚动，旁听席上则爆出得意的吼叫。马洛耐心地等待众人静下来。

“然而，他们所展现的记录并不完整，我请求允许我用自己的方式提供完整的版本。我要叙述的故事，乍听之下似乎和本案无关，请各位多多包涵。”

马洛并未翻看面前的笔记本，径自说下去：

“检方的陈述是从我和乔兰·瑟特以及詹姆·杜尔会面的那天

开始，我也准备从那里讲起。这两次会面的详细经过，各位都已经知道了。证人们已经描述过那些对话，我没有任何需要补充的——只想补充一些我个人的想法。

“我的想法是感到疑惑，因为那天发生的事十分古怪。请各位想想看，两位先生和我都只是点头之交，却在同一天对我提出极其古怪、甚至有点不可思议的提议。首先，市长的机要秘书请求我，要我为政府从事极机密的情报工作，至于这项工作的性质和重要性，之前已经解释得很清楚了。随后，那位自封的政党领袖，又鼓励我去竞选市议员。

“我当然分析过他们的真正动机。瑟特的动机似乎很明显，他根本不信任我，也许他以为我在把核能卖给敌人，并且想要谋反。他这么做，可能是想逼我露出马脚，或者他自以为如此。这样的话，他就需要在我替他执行任务之际，在我身边安插一个自己人，作为他的眼线。然而最后这一点，我是后来才想到的，那就是詹姆·杜尔出场的时候。

“请各位再想想：杜尔以一位转入政界的退休行商身份出现，我却完全不清楚他的行商生涯，偏偏我对这一行所知甚详。此外，虽然杜尔总爱夸耀他受的是普通教育，他却从未听过‘谢顿危机’。”

侯伯·马洛停了下来，好让言外之意渗入每个人的思绪。旁听席上人人屏气凝神，这是马洛发言以来全场第一次鸦雀无声。不过只有端点星上的居民，才能听到他所说的最后几句话。其他行星上的电视幕只能接收到经过剪接、适合宗教尺度的版本。那些世界的居民都不会听到谢顿危机，但是他们并不会错过后面的精彩表演。

马洛继续说下去：

“在座各位有谁敢说，一个受过普通教育的人，竟然会不晓得什么是谢顿危机？在基地，只有一种教育完全避免提到谢顿所规划的历史，只是将他描述为接近神话的传奇人物。

“我当时就立刻明白，詹姆·杜尔根本没有做过行商。我也想到他一定是神职人员，也许还是一位合格的教士。所以这三年来，他假装领导一个由行商组成的政党，无疑是另有目的。因为打从一开始，他就被乔兰·瑟特收买了。

“这个时候，我像是在黑暗中摸索。我不知道瑟特对我有什么图谋，但既然他似乎是在跟我故弄玄虚，我也决定礼尚往来。我的想法是，杜尔应该会设法与我同行，替乔兰·瑟特暗中监视我。反之，假如杜尔没有如此要求，我知道一定还会有别的诡计——可是我一时可能无法识破。曝光的敌人其实不危险，我就主动邀请杜尔同行，而他一口就答应了。

“各位议员先生，这解释了两件事。第一，它说明了杜尔并不是我的朋友，他出庭作证，并非像检方要各位相信的那样，是出于良知才勉强站出来。他其实是一名间谍，收钱之后奉命行事。第二点，它解释了当那名教士——就是检方指控我所谋杀的那个人——首度出现的时候，我自己的一些行动。这些行动目前尚未提及，因为检方并不知道。”

此时市议厅内又传来一阵窃窃私语。马洛夸张地清了清喉咙，再继续说下去：

“听说有个逃难的传教士上了太空船，我当时的感受，我不想描述，甚至不想再回忆。简单地说，我完全不知所措。起初我以为这是瑟特玩的把戏，可是这一招并不在我的算计和了解之内。我失去了方向——完全失去了方向。

“我至少还能做一件事。我故意将杜尔支开五分钟，叫他帮我把军官都找来。当他离开后，我趁机在隐密处架设起影像记录器，以便无论发生什么事，都能记录下来以供日后研究。虽然没有把握，我却抱着很大的希望，希望当时令我困惑不解的情况，事后会有可能真相大白。

“这段影像记录我总共看过五十遍。现在我把它带来了，准备在各位面前再放映一遍。”

这时大厅内出现阵阵骚动，旁听席上则响起嘈杂的吆喝，市长只好使劲一下一下敲着议事槌。端点星上的五百万户家庭，全都挤在自家的电视幕前激动不已。乔兰·瑟特坐在检察席上，向紧张兮兮的首席教长冷静地摇摇头，后者充满愤怒的目光则紧盯在马洛脸上。

市议厅的中央已清理出来，灯光也已经调暗。安可·杰尔坐在左方的座椅上负责调整放映装置，“咔嗒”一声之后，就映出一个彩色的、三维的全息影像，所有的一切都栩栩如生。

影像中包括那名传教士，他站在中尉与中士之间，显得神情惶惑，身上还有不少伤痕。马洛的影像则在沉默地等待着，然后军官鱼贯而入，而杜尔是最后一位。

全息影像中的人物开始一句一句说话。马洛先把中士训诫一顿，然后再询问传教士。接着外面出现大批暴民，他们的吼声也都听得见，裘德·帕尔玛教士开始尖声苦苦哀求。然后马洛拔出核铳。传教士被拖走的时候，他举起手臂疯狂地诅咒众人，而附近有一点光芒一闪即逝。

放映到此告一段落。军官们目瞪口呆的身形在那一刻凝结，杜尔双手紧紧捂住耳朵，马洛则冷静地收起核铳。

市议厅重新大放光明，刚才出现在中央的全息影像立时消失无踪。马洛——真的马洛——又继续开始他的陈述：

“各位看得出来，这件事的经过和检方描述的完全一样——但只是表面上如此。我很快就会再加以说明。顺便提一下，詹姆·杜尔从头到尾的情绪化反应，明白显示他曾经受过教士培训教育。

“当天稍后，我曾向杜尔指出这个突发事件的不合理之处。我问他，我们停在这个几乎荒芜的空旷地带，那名传教士是怎么找上这艘太空船的？我还问他，既然稍具规模的城镇离此地至少有一百英里，大批的暴民又是从哪里来的？检方却完全没有注意到这方面的问题。

“此外还有其他的疑点，比如说，裘德·帕尔玛为什么穿着那么显眼而华丽的法衣？他冒着生命的危险，甘犯基地和科瑞尔双方的法律，偷偷跑到科瑞尔传教，却穿着新颖又极其显眼的法衣到处招摇。这里头绝对有问题。当时，我曾怀疑他是在不知不觉间被科瑞尔领袖利用，迫使我们在慌乱中做出违法的侵略行为。这样一来，那领袖立刻就有借口，马上就能合法地摧毁我们的船舰和人员。

“检方就是期待我会对我的行动这样答辩。他们希望我会辩称，由于我的太空船、我的手下，以及我的任务都遭到威胁，我不能为一个人而牺牲一切。因为不论我们是否保护那名传教士，他都是死定了。而检方又声称，唯有维护基地的‘光荣’与‘尊严’，才有可能维持基地既有的霸权。

“然而，由于某种不明的原因，检方忽略了裘德·帕尔玛的背景——他的个人背景。他们没有详细说明他的个人资料，例如出生地、所受的教育，或是过去的经历。其中真正的原因，正好能解释我刚才指出的影像记录中的疑点。这两者之间是有关联的。

“检方没有进一步提出裘德·帕尔玛的个人资料，是因为他们根本做不到。各位刚才所看到的影像记录，内容好像大有问题，那是因为裘德·帕尔玛这个人大有问题。其实，根本就没有裘德·帕尔玛这号人物。这场审判是根据子虚乌有的事件来炮制的，本身就是一场最大的闹剧。”

马洛又得停下来，等待喧哗声渐渐消失。然后他再慢慢说：

“让我将一幅静止的影像记录放大，给各位看清楚，真相就会大白。杰尔，灯光再熄掉。”

市议厅再度暗下来，半空中又凭空出现许多朦胧苍白的静止身形。远星号上的军官都摆出固定不动的姿势，马洛粗壮的手握着一把核铳。裘德·帕尔玛教士站在马洛左方，正尖叫到一半，他的十指朝天，袖子滑下半截。

这位传教士手背上有个亮点，显然就是刚才那道一闪即逝的光芒，如今被冻结成固定的光点。

“请各位注意看他手背上的亮点，”马洛在暗处叫道，“杰尔，将这一部分放大！”

于是那部分开始迅速膨胀。传教士的身形逐渐变成一个巨人，并且向中央移动，其他的全息影像则逐渐消失。很快就只剩下一只巨大的手臂，到最后则只有一只手。这只巨手占满整个空间，由朦胧而紧绷的光线所组成。

原先那个亮点，此时变成一组模糊而闪烁的字母：ＫＳＰ。

“各位，”马洛的声音震耳欲聋，“那是一种特殊的刺青。它在普通光线之下是隐形的，但在紫外线照射下，它就会变得鲜明而显著。而我为了拍摄这个影像记录，刚好开启了那个房间的紫外线。这种秘密身份的识别法虽然十分原始，但是在科瑞尔还行得通，因为那里并非到处都有紫外线灯。即使在我们的太空船上，这个发现也纯粹要靠运气。

“也许有人已经猜到ＫＳＰ代表什么。裘德·帕尔玛对于教士的用语相当熟悉，他的演技也非常高明。至于他是如何，又是从哪里学来这一套的，这我也不清楚，重要的是ＫＳＰ代表‘科瑞尔秘密警察’。”

马洛继续用力吼着，试图盖过全场嘈杂的噪音。“我这里还有从科瑞尔带回来的文件，能够作为辅助证物。若有需要，我可以呈给议会参考。

“现在，检方公诉的这件案子究竟有什么意义？他们一而再、再而三地大声疾呼，认为我应该不顾任何法律，为那名传教士而战；应该为了基地的‘光荣’而牺牲我的任务、我的船舰，甚至我自己！

“可是值得为一个骗子那么做吗？

“那名科瑞尔秘密警察，也许是从安纳克里昂的流亡者那里借到法衣，并学会那些传教士用语，当时我应该为他而战吗？乔兰·瑟特和帕布利斯·曼里欧两人，希望我掉进这么一个愚蠢而卑鄙的陷阱……”

马洛嘶哑的声音被群众杂乱的吼叫声所掩盖。他被许多人扛在肩膀上，抬到了市长席。由大厅的窗户，他能看到外面广场上聚集了数千名群众，而疯狂的人潮仍然不断地继续涌进广场。

马洛四下张望，想要寻找杰尔，但是在这种极度混乱的场面中，他不可能看清楚任何一个人。而在嘈杂的喧哗中，他渐渐听到一种规律的吼叫声。这声音不断重复，由小而大，最后变成疯狂的呐喊：

“马洛万岁——马洛万岁——马洛万岁——”

15

安可·杰尔看来形容憔悴，他无精打采地向马洛眨眨眼。过去两天他始终处于亢奋状态，一直没有阖过眼。

“马洛，你做了一场精彩的表演，但是千万要见好就收。你说要竞选市长，该不是认真的吧？群众的热情的确是一股很大的力量，却也是出了名的反复无常。”

“一点都不错！”马洛绷着脸说，“所以我们一定要尽力维持，而最好的办法，就是把这出戏唱下去。”

“现在该做什么呢？”

“现在你该想办法，将曼里欧和瑟特下狱……”

“什么！”

“你没有听错，现在就去叫市长逮捕他们两人！我不在乎你用什么威胁手段。群众控制在我手上——至少今天如此，市长绝对不敢跟群众唱反调。”

“可是老兄，用什么罪名呢？”

“就挑最明显的一项，他们煽动其他世界的教士介入基地的党争。谢顿在上，那可是不法的举动。你就告发他们犯了‘危害国家安全罪’。他们控告我是另有所谋，我同样不在乎他们会不会被定罪。只要让他们暂时无法行动，直到我当上市长为止。”

“可是，离选举还有半年啊。”

“没多久了！”马洛站起来，使劲抓住杰尔的手臂。“听好，假如真有必要，我会以武力夺取政权——就像一百年前塞佛·哈定那样。另一个谢顿危机已经逼近，当危机来到时，我一定要成为市长兼首席教长。缺一不可！”

杰尔皱起眉头，轻声问道：“会有什么事情发生？科瑞尔还会惹麻烦吗？”

马洛点点头。“当然。他们终究会对基地宣战，不过我在赌他们还会再等两年。”

“他们会用核武星舰吗？”

“你想呢？我们有三艘太空商船在他们的星区失踪，不可能是被气枪击毁的。杰尔，科瑞尔直接从帝国取得星舰。别像傻瓜一样把嘴巴张那么大。没错，我说的就是那个银河帝国！你知道吗，它还存在。虽然银河外缘不再是帝国的势力范围，可是在银河的核心区域，帝国依然十分巩固。我们只要走错一步，帝国就可能直接打过来。所以我必须成为市长兼首席教长，只有我才知道如何应付这次的危机。”

杰尔硬邦邦地吞了一下口水。“怎么应付？你准备怎么做？”

“什么都不做。”

杰尔露出疑惑的笑容。“真的？就是这样？”

但是马洛回答得斩钉截铁。“等到我能够替基地当家做主，我什么都不要做，百分之百地无为而治，这正是渡过这次危机的秘诀。”

16

阿斯培·艾哥，万民拥戴的科瑞尔共和国领袖，正皱起稀疏的眉毛，露出卑微的表情迎接他的夫人。在这个国家，他自封的名号至少对一个人不适用，这点连他自己都很明白。

她说："我亲爱的主公，我知道，你终于对基地那些暴发户的命运有所决定。"她的声音与她的头发一般光润，与她的眼睛一样冷冽。

"是吗？"领袖不悦地说，"你的消息可真灵通，你究竟还知道些什么？"

"够多了，我尊贵无比的夫君。你如往常一样优柔寡断，又找了那些顾问官，开了一次咨商会议。真是了不起的顾问。"她以轻蔑至极的口吻说："一群口歪眼斜的白痴，把一点蝇头小利紧紧抱在皮包骨的怀里，竟然不怕令我父亲震怒。"

"亲爱的，"领袖故意以温和的口气回应，"到底是谁那么有本事，让你变得无所不知、无所不晓？"

领袖夫人干笑了一声。"假如我告诉你是谁，他自己的小命就保不住了。”

“好吧，你总是有你的办法。”领袖耸耸肩，别过头去。“至于会令你父亲不高兴，我倒十分害怕，怕他因此小气得不再提供星舰。”

“你还要星舰！”她激动得拼命吼道，“你不是已经有五艘了吗？别否认，我知道你已经有五艘，他还允诺要再给你一艘。”

“他去年就一直这么说。”

“但是任何一艘——只要一艘——就能将基地轰成一团碎石子。只要一艘！一艘，就能把他们的侏儒船舰一扫而光。”

“即使我有一打星舰，也不能去攻击他们的行星。”

“但是如果他们的贸易被摧毁，所有那些玩具、那些破烂都被毁掉，他们的世界还能再撑多久？”

“那些玩具和那些破烂都可以换钱，”他叹了一口气，“很多很多的钱。”

“可是如果你拿下基地，不就能拥有那里的一切吗？而你若能赢得我父亲的敬重和感激，难道不会得到比整个基地更多的东西吗？已经三年了——其实还不止——自从那个蛮子来这里表演魔术，到现在已经很久很久了。”

“亲爱的！”领袖又转过身来面对着她，“我年纪越来越大，身体越来越虚弱，没有精力忍受你的喋喋不休。你说知道我已经有了决定，好吧，我的确决定了。科瑞尔和基地的关系已经结束，两国马上就要开战了。”

“好！”领袖夫人眉开眼笑，神情振奋，“你活了这么一大把年纪，如今总算开窍了。一旦你成为一方之主，在帝国中就能取得重要的一席之地，会受到充分的敬重。而我们就有可能离开这个蛮荒世界，到总督府去谋个职位。我们真的做得到。”

她翩然离去，脸上带着微笑，一手叉着腰，黑发显得熠熠生光。

领袖静待她走远，才关上门破口大骂，声音充满恶毒与恨意。“当我真的成为你所谓的一方之主，就一定能得到足够的敬重，不必再忍受你父亲的傲慢自大，还有他女儿的伶牙俐齿。完全——不必！”

17

黑暗星云号的一位上尉，正万分恐惧地盯着显像板。

“我的银河啊！”这本来应该是一声狂啸，但他却是压低声音说的，“那是什么东西？”

那是一艘星际战舰，但是黑暗星云号与之相比，简直就像小虾米对大鲸鱼。在那艘巨型星舰的两侧，还能看到帝国的国徽“星舰与太阳”。黑暗星云号的每一个警报器，都发出疯狂的呜呜。

命令很快下达，黑暗星云号能逃就逃，逃不掉就奋力应战。与此同时，它的超波通讯室射出一束超波讯息，经由超空间向基地奔去。

这道讯息发射了一遍又一遍！虽然也有求救的成分，但主要还是在向基地示警。

18

侯伯·马洛一面不耐烦地踱步，一面翻阅手中许多份报告。当了两年市长，他变得比较能待在室内，比较温和圆滑，也比较有耐心。然而，他却始终没有培养出对政府公文的兴趣，一看到这些官样文章就头痛。

杰尔问："我们损失多少艘星舰？"

"四艘困在地面，两艘目前下落不明，其余的据报都还平安。"马洛喃喃道，"我们应该做得更好，但这只不过是一点轻伤。"

没有听到对方答话，马洛抬起头来。"你在担心什么事吗？"

"我希望瑟特会过来。"杰尔几乎是答非所问。

"喔，对啊，我们可以让他再为我们上一堂内政课。"

"不，不要。"杰尔吼道，"马洛，你也太固执了。对外事务你事必躬亲，巨细靡遗，可是对于母星上发生的事，你却从来没有关心过。"

"嗯，那是你的差事吧？我任命你当教育兼宣传部长是干什么的？"

“照你这种合作态度，你的这项任命显然是想让我早日惨死。去年一整年，我在你耳边不停唠叨，提醒你注意瑟特和他的基本教义派，他们变得越来越危险。如果瑟特强行要求举行特别投票将你罢免，你的因应对策是什么？”

“我承认，根本没有对策。”

“而你昨晚的演说，等于是把这个选举恭敬地交到瑟特手上。你有必要做得那么直率吗？”

“难道我不是在抢瑟特的风头吗？”

“不，”杰尔激动地说，“你这样做不是在抢风头。你宣称预见了一切，却从未解释为何在过去三年间，你对科瑞尔实施的贸易政策让他们占尽便宜。你对这场战争的唯一战略，就是不战而退。你放弃了科瑞尔附近星区每一个贸易机会；你公开宣布战争进入胶着状态；你承诺不会主动出击，甚至将来也不会。银河啊，马洛，你要我怎么收拾残局？”

“这样做缺乏魅力吗？”

“缺乏对群众情绪的煽动力。”

“一回事嘛。”

“马洛，醒醒吧。你现在只有两条路，一是立刻公布一个强势的对外政策，姑且不论你私下如何盘算；另一条路，就是和瑟特达成某种程度的妥协。”

马洛回答说：“好吧，就当我做不到第一点，让我们试试第二个办法吧。瑟特也刚好到了。”

自从两年前那场审判结束后，瑟特与马洛就没有再碰过面。今天再度相遇，彼此察觉不出对方有任何改变，只是这次会面的微妙气氛，让人很清楚地感到情势早已主客易位。

瑟特没有跟马洛握手，直接坐下来。

马洛递给他一根雪茄，然后说："不介意杰尔也留下吧？他十分渴望达成妥协。万一我俩过于激动，他还可以做个调停者。"

瑟特耸耸肩。"你的确很需要一个妥协方案。上次我曾经要求你提出自己的条件，我想如今情势刚好相反。"

"你想得很正确。"

"那么以下就是我的条件。你必须放弃那些愚蠢幼稚的对外政策，诸如经济贿赂、小型器具的贸易等，回归父老所制定并通过考验的传统政策。"

"你是说以宣教手段征服其他世界？"

"正是如此。"

"否则就没有妥协的余地？"

"绝对没有。"

"嗯——"马洛以极缓慢的动作点着雪茄，吸了一口，雪茄头立刻发出红光，"在哈定的时代，靠宣教来征服其他世界是个崭新且激进的手段，像你们这种人全都反对。如今，这个政策通过了考验，进而被神圣化——像你瑟特这样的人，就认为它每一方面都是好的。可是，请告诉我，你如何让我们脱出目前的困境？"

"你目前的困境，和我完全没有关系。"

"就照你的意思修正这个问题吧。"

"我们需要以强大的力量主动出击。你似乎对目前的胶着状态很满意，其实它有致命的危险。这样等于我们对外缘的所有世界示弱，然而在银河外缘这个星际丛林，最重要的生存之道就是展现实力。否则其他世界都会像秃鹰一样攻击我们，每个世界都希望能分一杯羹。你应该明白这点。你来自司密尔诺，对不对？"

马洛却故意忽略最后一句话的言外之意，他说："即使你能击败科瑞尔，又要如何对付帝国？那才是我们真正的敌人。"

瑟特的嘴角用力扯出一丝笑容。“喔，不，你在访问西维纳的报告中写得很完整。诺曼星区的总督在外缘制造纠纷，纯粹是为了个人的考虑，但这只是枝节问题。当他周围有五十个虎视眈眈的强邻，又要筹划如何叛变帝国的时候，他绝对不会贸然派遣远征军到银河的边缘。这些都是摘录自你的报告。”

“喔，瑟特，你错了。如果他觉得我们强大到足以构成威胁，他就可能那么做。假使我们以主力做正面攻击，一举击溃科瑞尔，就会令他有这种感受。我们必须更迂回、更微妙才行。”

“比如说——”

马洛上身靠向椅背。“瑟特，我会给你机会。我不需要你，但能让你派上用场。所以我会告诉你一切的来龙去脉，然后由你自己决定是否和我合作，成为联合内阁的一员；不然你也可以扮演烈士，在监牢里度过余生。”

“以前你也用过这一套。”

“瑟特，当时我并没有尽全力，适当的时机才刚刚来临。现在听好。”马洛眯起双眼。

“那次我奉命到科瑞尔去，”马洛开始说，“我拿一些饰品和器具贿赂那位领袖，那些都是货舱中最普通的东西。我的本意，只是想藉此获得进入炼钢厂的机会。除此之外我并没有进一步的计划。但一切进行得很顺利，我看到了想看的东西。可是，直到我去帝国的一角探访过之后，才终于想到如何利用贸易作为一种武器。

“瑟特，目前我们正面临另一个谢顿危机。而谢顿危机绝不能靠个人来解决，必须仰赖历史的力量才行。当哈里·谢顿为我们规划未来的历史轨迹时，并未考虑到什么英雄豪杰，他寄望的是经济和社会的历史巨流。所以每一个不同的危机，都有不同的解决之道，端视当时我们手中有什么力量。

“而这一次——是贸易！”

瑟特狐疑地扬起眉毛，趁着马洛停顿的机会插嘴道：“我希望不是自己过于低能，但是你的演说实在有点含混不清。”

“你很快就会清楚的。”马洛答道，“想想看，直到目前为止，贸易的力量始终被人低估。过去，大家都以为必须有个受我们控制的教士阶级，才能使贸易成为威力强大的武器。事实却不然，这个发现可说是我对整个银河的贡献。没有教士的贸易！纯粹的贸易！它本身就威力无穷。让我们来讨论一个很简单而具体的例子。科瑞尔现在和我们交战，因此双方的贸易完全中断。然而——请注意，我把这个情况简化成一项个案来讨论——在过去三年间，科瑞尔的经济体系变得越来越仰赖核能科技，而这些科技都是我们引进的，也只有我们能提供维修服务。现在我们来假设一下，当那些微型核能发电机停摆了，而各种小器具也一个接一个失效时，究竟会发生些什么事？

“首先发生问题的是小型的家用核能装置。经过半年你所谓的胶着状态之后，主妇的核能削刀就失灵了。核能烤炉、洗衣机也停摆了。在炎热的夏天，温湿度调节器也罢工了。这会导致什么结果？”

马洛停下来等待对方回答。瑟特以平静的口吻说：“什么都不会。战争期间，人民会表现出充分的韧性和耐力。”

“说得很对。人民在战时会共体时艰，还会将自己的子弟一个个送去从军，忍心让他们惨死在被击毁的星舰中。他们不会屈服于敌人的空袭轰炸，即使必须躲藏在半英里深的掩体中，靠发霉的面包和馊水度日。话又说回来，假如没有什么迫在眉睫的危险，人民的爱国心就不会激发出来，小小的问题就会令人难以忍受。这会酿成一种胶着状态。没有任何的死伤、没有空袭，也没有真正的战争。

“会发生的变化，只是刀子再也切不动食物、炉子再也不能烹饪，而到了冬天，房间里就冷得要死。面对种种不便，人民势必发出怨言。”

瑟特以怀疑的口气慢慢说：“老兄啊，这就是你所抱的希望吗？你究竟在指望什么？家庭主妇革命？农民暴动？卖肉和卖食品的小贩突然叛乱，拿着他们切肉和切面包的刀子，走上街头高喊：‘还我自动超净核能洗衣机！’”

“不，瑟特兄。”马洛用不耐烦的口吻说，“我不是指这些。然而，我真正期待的，是这种普遍不满的情绪，会渐渐传染给更具影响力的人士。”

“谁又是更具影响力的人士？”

“例如科瑞尔境内的制造业者、工厂厂主、实业家等等。等到这种胶着状态持续两年，工厂里的机器就会一个接一个停摆。那些经过我们利用核能装置彻头彻尾改良过的工业，将在短期之内全部瘫痪。而重工业的大老板，会发现他们的机器一下子全部变成废铁。”

“马洛，在你去那里之前，他们的工厂也营运得很好。”

“没错，瑟特，当时的确如此——不过利润大约只有现在的十二分之一。即使忽略掉转换回非核能体系的成本，仍将是十二倍的衰退。当实业家、资本家，还有大多数的人民都对领袖极度不满时，那位领袖还能做多久？”

“他要再做多久都行，只要他能想到向帝国索取新的核能发电机。”

马洛开心地哈哈大笑。“瑟特，你搞错了，错得和领袖本人一样严重。你将所有的事都弄拧了，完全搞不清楚状况。请注意，老兄，帝国帮不上任何忙。因为帝国一直是个庞然大物，拥有几乎无穷无尽的资源。他们所考虑的每一个问题，都是以行星、星系、星区为单位；他们所制造的发电机也庞大无比，因为他们习惯了这样的思考模式。

“然而我们——我们，我们这个小小的基地，我们这个没有金属资源的单一世界——必须建立完全不同的体系。我们的发电机只有拇指大小，因为我们只有那么一点金属。我们不得不发展新的科技和新的方法——而这些都是帝国望尘莫及的，因为帝国整体的创造力已经消退，无法作出任何重大的科技进展。

“他们虽然有巨大的核能防护罩，足以保护一艘星舰、一座城市，甚至整个世界，却无论如何造不出个人用的防护罩。为了供给一座城市的光和热，他们使用六层楼高的发电机——我亲眼看到过——而我们的却能放在这个房间里。当我告诉一位帝国训练出的核能专家，说发电机能装进一个胡桃大小的铅盒中，他几乎气得当场窒息。

“没错，他们自己也不再了解那些庞大的怪物。一代又一代，所有的机器都全自动运作，连维修人员也是世袭的特权阶级。即使只是一根D型管烧坏了，那些人同样束手无策。

“这一场战争，其实是两种不同体系之战。基地体系对抗帝国体系，毫微体系对抗巨型体系。帝国控制一个世界的办法，是提供巨型星舰作为贿赂，它们是战场上的利器，却对国计民生没有任何意义。而我们刚好相反，我们专门以小玩意收买人心，这些东西在战场上当然没用，却是经济繁荣、工商发展所不可或缺的。

“对国王或领袖而言，他们宁愿选择星舰，甚至因而发动战争。在历史上，每一个独裁专制的统治者，都会以人民的福祉换取他们心目中的光荣和胜利。可是和广大民众有切身关系的，仍然只是那些小东西——因此两三年内，经济萧条会横扫科瑞尔共和国，而阿斯培·艾哥将无法再撑下去。”

瑟特此时来到窗前，背对着马洛与杰尔。现在已经是黄昏时分，在这个银河边缘的上空，有几颗星星吃力地眨着眼睛。在这些星光背后，则是朦胧的透镜状银河主体，帝国的残躯仍然蛰居其中，依旧势力强大，与基地隐隐遥相对峙。

瑟特说：“不，不该由你担任这个角色。”

“你不相信我的话？”

“我的意思是我不信任你，你是个油嘴滑舌的家伙。当初我派你去科瑞尔，以为将一切安排得天衣无缝，到头来还是被你耍了。在公审时，我以为你已是瓮中之鳖，你仍然有办法脱困，还利用群众的力量谋得市长的位子。你一点也不坦诚，你的每一项动机都另有用意，你的每一句话都有三重含义。

“假如你是叛徒，假如你去帝国时被金钱和权力收买了，你目前也正好会采取这些行动。你会把敌人养肥了再开战，你会迫使基地坐以待毙。你对每件事都会提出花言巧语的解释，每个人都会被你唬住。”

“你的意思是，没有妥协的余地了？”马洛温和地问。

“我的意思是你必须下台，不论是辞职还是被赶走。”

“不跟我合作的唯一下场，我刚才已经警告过你。”

瑟特突然万分激动，满脸涨得通红。“司密尔诺来的侯伯·马洛，我也警告你，如果你逮捕我，就等于自掘坟墓。我的人立刻会到处宣扬你的底细，基地民众则会团结起来反抗你这个外来统治者。我们对基地的命运有一种自觉，绝非你们司密尔诺人所能了解——这种自觉足以将你摧毁。”

侯伯·马洛对走进来的两名警卫轻声道：“把他带走，他被捕了。”

瑟特说：“这是你最后的机会。”

马洛并没有抬起头来，只是自顾自将雪茄捻熄。

五分钟之后，杰尔才忧心忡忡、有气无力地说：“好了，你已经制造了一名烈士，接下来怎么办？”

马洛这才停止拨弄烟灰缸，抬起头来。“这不是我所认识的瑟特，他简直像一头被刺瞎的蛮牛。银河啊，他可真恨我呢。”

“这会使得他更危险。”

“更危险？胡说八道！他已经完全失去判断力。”

杰尔绷着脸说：“马洛，你实在过度自信了。你忽略了群众造反的可能性。”

马洛抬起头，也绷起了脸。“杰尔，我只说一次，绝对不可能有群众造反。”

“你实在太过自信！”

“我是对谢顿危机，以及解决之道的历史合理性——内在和外在皆然——具有充分的信心。有些事我刚才并没有告诉瑟特。他试图仿照他控制其他世界的方法，用宗教的力量控制基地本身，结果失败了——这就明确表示在谢顿计划中，宗教已经功成身退。

“经济的力量却完全不同。套用塞佛·哈定著名的警语，它对敌我双方一视同仁。假如科瑞尔由于和我们贸易而变得繁荣，我们自己的经济也会一并受惠。反之，假如因为和我们贸易中断而使科瑞尔的工厂倒闭，其他世界又因为贸易孤立而萧条，我们的工厂同样会关门，基地也会因而陷入不景气。

“如今所有的工厂、贸易中心、运输航线等等，无一不在我的管辖之下，倘若瑟特试图进行革命宣传，我绝对不能缩头不管。假使他的宣传手段成功了，哪怕只是看起来似乎会成功，我保证会让这里的繁荣毁掉。反之如果他失败了，我的工厂就能保持全线开工，繁荣就能持续下去。

“我既然相信科瑞尔的人民会为了追求繁荣而爆发革命，基于同样的理由，我相信我们的人民绝不想把繁荣毁掉。这出戏的结局大致就是这个样子。”

“照你这么说，”杰尔道，“你正在建立一种财阀政治。你要把我们这里变成行商和商业王侯的乐园。这样下去，将来会变成什么局面？”

马洛扬起板着的脸孔，厉声吼道：“未来关我什么事？谢顿必定早已预见，也早就准备好锦囊妙计。当金钱的力量像如今的宗教一样过气时，自然还会有其他危机出现。我已经解决了当前的难题，再有新的问题，就留给那些继任者吧。”

科瑞尔：……经过三年有史以来战事最少的战争，科瑞尔共和国终于无条件投降。侯伯·马洛因此成为继哈里·谢顿与塞佛·哈定之后，基地人民心目中的第三位英雄。

——《银河百科全书》

读客®

科幻文库

跟着读客读科幻，经典科幻全看遍

太空歌剧、赛博朋克、奇幻史诗……

中国、美国、英国、俄罗斯、波兰、加拿大、日本、牙买加……

读客汇聚雨果奖、星云奖、轨迹奖获奖作品

精挑细选顶尖的科幻奇幻经典

陪伴读者一起探索人类文明的过去、现在和未来

亿亿万万年，直至宇宙尽头

阿西莫夫
银河帝国系列

基地系列

银河帝国：基地（Foundation）

银河帝国2：基地与帝国（Foundation and Empire）

银河帝国3：第二基地（Second Foundation）

银河帝国4：基地前奏（Prelude to Foundation）

银河帝国5：迈向基地（Forward the Foundation）

银河帝国6：基地边缘（Foundation's Edge）

银河帝国7：基地与地球（Foundation and Earth）

机器人系列

银河帝国8：我，机器人（I, Robot）

银河帝国9：钢穴（The Caves of Steel）

银河帝国10：裸阳（The Naked Sun）

银河帝国11：曙光中的机器人（The Robots of Dawn）

银河帝国12：机器人与帝国（Robots and Empire）

帝国系列

银河帝国13：繁星若尘（The Stars, Like Dust）

银河帝国14：星空暗流（The Currents of Space）

银河帝国15：苍穹一粟（Pebble in the Sky）

图书在版编目（CIP）数据

银河帝国．基地 /（美）阿西莫夫 (Asimov,I.) 著；
叶李华译．-- 南京：江苏凤凰文艺出版社，2015（2023.3 重印）
（读客全球顶级畅销小说文库）
ISBN 978-7-5399-8329-5

Ⅰ．①银… Ⅱ．①阿… ②叶… Ⅲ．①长篇小说－美
国－现代 Ⅳ．① I712.45

中国版本图书馆 CIP 数据核字 (2015) 第 096934 号

银河帝国．基地

［美］艾萨克·阿西莫夫 著　　叶李华 译

责任编辑　丁小卉
特约编辑　朱亦红　许姗姗
封面设计　李子琪
责任印制　刘　巍
出版发行　江苏凤凰文艺出版社
　　　　　南京市中央路 165 号，邮编：210009
网　　址　http://www.jswenyi.com
印　　刷　三河市龙大印装有限公司
开　　本　890 毫米 ×1270 毫米 1/32
印　　张　9
字　　数　208 千字
版　　次　2015 年 9 月第 1 版
印　　次　2023 年 3 月第 64 次印刷
标准书号　ISBN 978 – 7 – 5399 – 8329 – 5
定　　价　45.00 元